태양을 쏴라

송경하 소설집

문학공원 소설선 36

태양을 쏴라

송경하 소설집

문학공원

〈작가의 말〉

『태양을 쏴라』 재출간에 즈음하여

제 소설집 『피아노』를 다른 작품 『태양을 쏴라』를 표제목으로 해서 재출간합니다. 때마침 전해진 한강 작가가 2024년 노벨문학상 수상자로 선정되었다는 소식이 온 나라를 뜨겁게 달구며 그 감격과 흥분이 아직까지 이어지고 있습니다. 가히 돌풍급 희소식이 아닐 수 없습니다. 노벨상의 역사 123년 동안 한국에서는 최초요, 동양권의 여류작가로서도 최초이고 더구나 젊은 여류작가가 받았다는 점이 퍽이나 고무적이고 예감이 무척 좋습니다.

분명 한강 작가가 이룬 국제적 쾌거는 문인들의 위상을 하이 퀄리티로 격상시켰고, 국가의 브랜드 가치는 지금으로서는 상상하기조차 어려울 만큼 확장되어 있다고 한다. K-문학을 넘어 K-컬쳐, K-관광에 이르기까지 노벨문학상의 신드롬은 무궁무진할 거라고 합니다.

100여 년 전 수상자였던 '헤밍웨이', 프랑스의 '까뮈' 그 후, 노벨문학상 수상자들이 드나들었던 살롱이나 산책길 등이 역사적 관광 명소가 되고 지금까지도 수많은 여행객을 불러들이고 있잖습니까? 한강 작가는 무형, 유형의 한국의 자산이 되었습니다. 문학을 꿈꾸는 문청들에게 추진동력을, 기존 작가들에게 집필의욕을 더욱 고취시켜 단숨에 문학 강국이 된 기분을 떨쳐내기가 쉽지 않습니다.

저의 글쓰기는 시대적 아픔, 그 안에서 개인이 겪어야만 하는 비극적이고 어둡고 소외된 이웃들의 이야기들이 많습니다. 이 책에는 실리지 않았지만, 80년대 혼돈의 시기를 겪으면서 쓴 「달을 따라간 남자」는 삼청교육대에 끌려가 끝내 돌아오지 못한 비운의 청년, 황천길에게 포커스를 맞췄고, 또 다른 단편 작품 '하얀 귀로'는 베트남 전쟁 중에 한국군과 베트남 여대생 사이에서 태어난 혼혈인, 라이따이한 '티마이'의 정체성 혼란을 그렸습니다. 지금쯤은 밝은 곳으로 나와 어디에선가 살아가고 있을 강인한 삶의 주인공들을 소환했습니다.

표지에 배치한 「태양을 쏴라」는 미군 장교와 한국 여인사이에서 태어난 혼혈 청년의 절망과 절규를, 「피아노」는 새엄마의 슬하에서 가스라이팅에 잠식당한 어린 소녀의 병든 영혼을 그렸습니다. 그 외에도 「답습」, 「인연의 법칙」 등 8편의 작품이 이 소설집을 통해 독자에게 선보입니다.

제2, 제3의 한강이 나오기를 고대하면서

2024년 늦가을. 관악산 들머리에서

작가 송 경 하

⟨서문⟩

필부필부를 위한 노래

김 순 진 (문학평론가 · 한국문인협회 이사)

송경하 소설가는 필자가 발행하는 ≪스토리문학≫이 낳은 최고의 소설가다. 그는 이미 많은 문학상을 받아 널리 알려진 작가이며, 한국문인협회나 한국소설가협회에서도 그 작품성을 인정받고 있는 작가다.

송경하의 소설은 21세기 현시대의 아픔을 속속들이 파헤쳐 그들의 아픔을 치유하고 함께 살아가려 한다. 일찍이 아리스토텔레스는 '문학은 삶의 모방'이라 했다. 송경하 작가가 하고 있는 일련의 작업들은 모두 삶의 모방이다. 그래서 더 솔깃하고 더 가슴 아리다.

'젊다'는 말은 '짐을 짊어지다'라는 말에서 나왔으나, 그것은 육체노동 측면의 말이고, 정신노동에 있어 젊다는 말은 과거를 회상하지 않고 미래를 꿈꾼다는 말로 풀이할 수 있다. 그런 의미에서 송경하 작가의 소설은 매우 젊다. 현시대를 살아가는 사람들의 아픔을 대변하기 때문에 그렇다.

송경하 작가의 소설은 개인의 신변잡기가 없다. 개인의 추억을 얼버무리고, 아버지 어머니의 희생을 자랑하고, 어릴 적 추억을 전면에 배치해 송경하 작가는 대동소이, '그 나물의 그 밥'이라는 습작기의 우를 범하지 않는다.

송경하의 소설은 늘 우리 주변에 소외된 사람들에게 초점이 맞춰져 있다. 말하자면 보통사람들의 노래, 필부필부(匹夫匹婦)의 노래로써 「워킹맘」이 그랬고, 「우주에서 아이」가 그랬으며, 이 소설집에 들어 있는 「피아노」, 「인연의 법칙」, 「내 동생 봉석이」, 「태양을 쏴라」, 「장맛비」, 「다이아몬드 그 화려함의 연민」, 「지금 고향은」, 「답습」 등 8편의 단편소설은 모두 우리 주변에서 일어나고 있는 일들을 형상화한 작품들이다. 송경하 작가는 이들의 작품에서 과도한 과장이나 억지스러운 만남을 배제하고 폭풍처럼 몰아지는 삶에 순종할 수밖에 없는 소시민들의 애환을 특유의 시선으로 그려내고 있어 독자로 하여금 진한 감동과 함께 공감을 불러일으킨다.

이처럼 훌륭한 작업을 하면서 소설가들에게 모범의 정형을 보여주고 있는 송경하 작가에게 존경과 사랑의 마음으로 우레와 같은 박수를 보내드린다.

차례

작가의 말	4
서문	6
피아노	12
인연의 법칙	40
내 동생 봉석이	68
태양을 쏴라	98
장맛비	126
다이아몬드, 그 화려함의 연민	156
지금 고향은	190
답습	220

피아노

피아노

혜린은 소스라치며 눈을 떴다. 잠결이었다. 〈엘리제를 위하여〉가 아스라이 들려오고 남자의 손가락들이 건반 위에서 나비의 날개처럼 날았다. 리듬이 점점 빨라지면서 맑고 감미로운 선율이 고음으로 치닫는다. 그 선율에 취한 듯, 두 눈을 감은 남자의 절제된 숨결이 가까이 다가드는 순간, '이게 어디서 남자를 꼬드겨' 여자의 날카로운 음성이 남자의 모습을 지우고, 피아노 선율마저 삼켜 버린다. 분명 그는 떠났는데, 가물가물 의식에서 흐려지는 형상들, 놓치고 싶지 않다.

혜린은 파닥거리는 가슴으로 블라인드 너머를 응시했다. 창문엔 검은 그림자가 어른거린다. 그럴 리가 없어, 그는 이제 돌아오지 않아, 머리가 가슴에게 속삭인다.

그래도 실오라기보다도 가느다란 기대가 자꾸만 고개를 든다. 혜린은 침대에서 내려서서 창문을 열었다. 드르륵 소리는 파장을 내며 빈 어둠속으로 흩어진다.

　화단에 서 있는 목련나무 가지에 지다 만 꽃잎이 벌레집처럼 매달려 바람을 맞는다. 담장 밑에 세워둔 재활용품 자루의 그림자가 돌무덤처럼 시야에 들어온다. 혜린은 더운 숨을 뱉으며 창을 닫는다. 침대로 돌아와 잠을 청해본다. 빈 옆자리에서 설익은 외로움이 꿈틀거리고. 공허한 그리움만이 마음에 파문을 일으키며 출렁거린다. 가슴은 여전히 진정되지 않은 채 파닥거린다.

　혜린은 머리맡 서랍장을 열고 병원에서 받아온 약봉지를 꺼내 신경안정제(발륨) 두 알을 물과 함께 삼켰다. 오래된 일상이다. 자아분열성 해리장애, 혜린이 의사로부터 고지받은 병명이다. '유년기 적부터 정서적 학대에 지속적으로 노출된 사람이 뜻밖에 자신이 감당하기 어려울 만큼 강렬한 감정적 스트레스가 가해지면 자아가 분열되면서 정체성을 잃어버리는 현상을 말하죠. 한동안 꾸준히 약물치료를 해 보는 겁니다.' 의사의 말이었다.

　저녁 뉴스 시간에 보았던 TV 화면이 머리에 스친다. '8세 여아가 계모에게 학대받다 끝내 숨져' 그리고 배경 화면에 온몸에 새빨갛게 얼룩진 멍 자국이 모자이크 사이에서 어른거렸다. 혜린에게도 새엄마는 그런 사람이었다. 물리적 학대보다 더 교묘한 정서적 학대, 혜린의 잿빛 유년기는 늘 여자의 앙칼진 고음과 힘이 들어간 빨간 입술로 채워져 떠오른다. 혜린은 새엄마를 떠올리는 것만으로도 숨이 가빠지면서 아랫배가 탱탱하게 당겨지는 걸 느낀다. 혜린에게 불안감은 언제나 요의로 나타났다. 화장실을 가기 위해 자리에서 일어났다.

어제는 아버지의 삼우제 날이었다. 혜린은 혼자서 납골묘에 다녀왔다. 얼마 전 치러진 아버지의 장례식도 혼자였다. 요양원에서 아버지가 운명했다고 연락이 왔을 때. 부고장을 발송할만한 사람을 떠올려보았지만 쉽게 생각나지 않았다. 요양원에 들어간 지 한 달 남짓 사이에 아버지는 그렇게 잊혀진 사람이었다. 아버지의 생은 두 여인의 탐욕에 저당 잡힌 시간이었다. 아버지는 모든 것을 잃어버린 빈털터리였고 누구도 기억하지 않는 유리인간이 되었다. 불운은 늘 그렇게 아버지의 주위를 맴돌았다. 근엄했던 아버지는, 옥항아리 안에 유골로 담겨져 납골묘 안에 안치되었다. 그 비용은 다행히 앨런이 놓고 간 손목시계를 팔아 충당했다. 그가 남겨 놓은 명품시계가 결국 아버지의 영면할 자릿값으로 요긴하게 쓰인 셈이었다.

혜린은 아버지를 차디찬 돌 구덩이 속에 집어넣으면서 한 치과 의사의 생이 이렇게 보잘것없이 끝날 수 있다는 사실이 믿기지 않았다.

어린 시절 자신의 생각을 드러내지 못하고 안으로 삭여야만 했던 혜린은, 새엄마에 이끌려 피아노를 치기 시작했지만 사실 피아노보다는 발레나 고전무용 같은 율동적인 것에 더 흥미를 가졌다.

"계집애가 청승스럽게 고전무용이야! 내 학원에서 피아노나 배워!"

새엄마에게 자신의 생각을 말했다가 돌아온 대답이었다. 그리고는 아버지에게도 동의를 구하느라 혜린이 피아노에 소질이 아주 많다고 호들갑스럽게 말했고 아버지는 단숨에 여자에게 설득됐다.

"혜린아. 다른 생각 하지 말고 새엄마에게 피아노 배우는 게 좋을 거야, 남보다 더 성의 있게 지도해 줄 텐데."

아버지의 권위 있는 목소리에는 늘 여자의 비위를 거스르지 않으려는 비굴이 녹아 있는 것 같았다. 혜린은 아버지의 권유를 거스를 수가 없었다. 새엄마의 강요된 프로그램을 수용하면서 그녀의 감정의 노예가 되어갔다.

"아유, 이 바보야. 너를 가르치느니 다른 애 셋은 더 가르치겠다."

아버지 앞에서 소질이 많다고 말할 때와는 딴판이었다. 말로만 하는 게 아니었다. 손으로는 머리통을 쿡쿡 찍었다. 그럴 때면 새엄마의 손가락에 끼워진 금속성과 딱딱한 광물질인 보석이 결합된 반지들이 머리에 생채기를 낼 것처럼 아팠다. 혜린에게는 흉기였다. 새엄마는 유난히 혜린에게 집착했다. 사랑이나 관심처럼 보였지만 실은 자신의 감정을 마음 놓고 쏟아낼 상대로 아무런 후한이 없었기 때문이었는지도 모른다.

어린 혜린을 향해 내지르는 새된 지청구 소리가 학원 안을 쩌렁쩌렁 울릴 때면 수업 중인 다른 강사들이 통로로 뛰쳐나와 눈들을 휘둥글리며 어리둥절해했다. 구름처럼 변화무쌍하고, 바람을 닮아 변덕스런 새엄마의 감정에 혜린의 영혼은 감금되어 있었다.

다른 수강생들에게는 무척 친절하고 우아하고 지적인 피아노학원 원장이었다. 원장실 한쪽 벽면을 가득 채우고 있는 학위증, 각종대회에서 받은 트로피와 상패, 음악의 대가들과 어깨를 나란히 하고 찍은 화보 같은 시상식 사진들 그 속에서 여왕처럼, 야망으로 번뜩이는 눈빛을 가진 새엄마가 럭서리하게 웃고 있었다.

"네가 네 엄마를 마음에 두고 있으니 새엄마에게 마음을 열지 못하고 있는 거야. 헤어진 엄마에게 연연하지 말기를 바란다. 그래봐야 너만 겉돌아"

아버지는 점점 야위어가고, 시든 꽃잎처럼 풀죽어 보이는 혜린을 보며 말했다.

"네 엄마와는 만남부터가 잘못되었다. 당시 선배의 병원에서 페이 닥터로 일하고 있을 때였지. 결혼상담소에서 걸려 온 한 통의 전화, 어떻게 내 번호를 알았는지 모르지만 말이다. 당시 너의 엄마가 가진 조건들은 나에게는 거부할 수 없는 유혹이었지. 그렇게 나는 내 젊음을 의사로서의 자존심마저도 저당 잡히면서 네 엄마와 결혼했다.

물론 약속대로 병원을 차려 주었지. 그러나 그것은 자존심 문제만이 아니더구나. 올가미였어. 난 차츰 내가 노예의사가 되었다는 자의식이 들기 시작하더구나."

자주 들었던 아버지의 넋두리였다. 아버지는 혜린에게 이해를 구하는 말이었는지 모르지만, 혜린은 자신이 잘못된 만남에서 태어났다는 사실만 더 확실하게 인식될 뿐, 무슨 말로도 대꾸할 수가 없었다. 그러고 나면 아버지는 혜린의 표정을 살피다, 담배를 피워 물고 고뇌에 찬 얼굴로 창밖을 응시했다.

혜린은 아버지가 무슨 생각을 하는지 알지 못했다.

"혜린아 너도 알 거야. 네 엄마의 돈에 대한 집착을,"

아버지는 창밖을 바라보던 시선을 거두어 혜린을 보며 무겁게 가라앉은 침묵을 깨며 말했다.

'혜린 아빠, 이번 달 생활비 어떻게 해요. 친정집에 보낼 돈은? 어머니의 당뇨 수치가 더 올라서 쇼크가 우려된다고. 어쯤 입원을 해야 할 지도 모른다는데.' 두 눈을 치켜뜨며 다그치듯, 말할 땐 정말이지 간담이 싸늘했다.

  아버지의 그런 넋두리가 혜린에게 아무런 위로가 되지 못했다. 아버지가 만들어놓은 성장환경은 순전히 어린 혜린이 걸머지고 가야 할 사슬이었다.

  혜린이 생애 첫 피아노 콩쿠르대회 출전을 앞둔 전야였다, 초등학생이었던 혜린은 밤새 잠이 오지 않았다. 예민해진 긴장감은 온몸의 세포를 모조리 깨워 칼날처럼 세웠다. 혜린은 연습 기간 내내 여자의 앙칼지고 비명 같은 고음을 견뎌내야만 했다. 강박증과 불안증에도 시달렸다. 무대 위에 오를 것을 생각만 해도 혜린은 정신이 아득했다.

  국제 쇼핑 피아노 대회 날, 혜린의 순서는 후반부였다. 대기실에서 기다리는 내내 긴장은 온몸을 조여 왔다. 참가번호 6번 차혜린, 호명을 듣고 무대에 오를 때부터 가슴이 요동치기 시작했다. 지병처럼 앓고 있는 불안증에다 간밤에 한잠도 자지 못해 정신이 혼미한 데다 무대 공포증까지, 처음 지정곡은 어떻게 두들겼지 무사히 지나갔다.

  다음 자유곡 중반쯤에서 음표들이 흔들리기 시작하고 학원 안을 쩌렁쩌렁 울렸던 여자의 지청구 소리가 의식에서 되살아났다. 악보의 갈피를 잃어버렸다. 의식이 혼미해지기 시작했다. 의지와 다르게 옆 해머를 자꾸 건드렸다. 건반 위에서 손가락들이 와르르 미끄러져 내린다. 피아노 소리가 격하게 파열된다. 파열음이 홀에 흩날린다. 일그러져버린 흑백의 건반들이 마녀가 되어 나타난다. 두 눈은 하얗게 멀어버렸고 까만 머리채를 연기처럼 풀어헤치고 북극의 오로라가 되어 흐느적댄다. '아시아 태평양 국제 쇼팽 피아노 콩쿠르대회'라고 쓴 커다란 현판만이 망막 위에서 어른거리고 교감 신경이 마비된 듯 아무 증상 없이 연주용 드레스 밑으로 물이 흘러내렸다. 혜린이 열한 살 때였다,

해리성 혼미, 혜린에게 찾아온 영혼의 병이었다, 당황스럽게 뛰어오르던 주최 측 관계자들과 새엄마 그리고 객석에서 웅성거린 소리들만 희미한 의식으로도 들렸다.

혜린은 병원으로 옮겨져 치료를 받고 심리적 안정을 취한 후 집으로 돌아왔다. 의사는 장기간 입원을 권했지만. 새엄마는 무대 울렁증은 자신감 부족 때문이라며 연습을 열심히 하면 자신감이 저절로 생긴다고 의사의 권유도 잘라버리고. 혜린을 집으로 데리고 왔다.

그날의 사건은 혜린의 이미지화 되었고 그 후로도 몇 번 대

회 출전을 했지만 입상은커녕 늘 중도하차였다. 무대에만 오르면 얼굴이 화끈거리고 손바닥에 땀이 고였다. 혜린의 무대 울렁증이 심리적 압박감에서 기인된 게 아닌가 모두들 고개를 갸웃거렸다. 그렇게 혜린의 영혼은 무너져가고 있었지만, 부모중, 누구도 관심 갖지 않았다. 새엄마는 연습을 게을리한다며 다그쳤고 그럴 때마다 아버지에게 알려서 혜린을 호되게 질책하게 했다. 학원 내 다른 강사들이

"아무래도 심리전문가 상담을 받아보는 게 좋을 것 같아요."
혜린의 상태에 대해 어렵게 건의를 해도,
"무슨 소리야. 계집애가 게을러서 연습을 안 하니까 자신감이 없어진 거야"
번번이 혜린의 자신감 문제로 돌리고 묵살해버렸다.

음악대학 진학의 꿈도 이루지 못했다. 입상경력이 없다는 게 실패의 첫 번째 원인이었을 것이다. 수상 경력은 실기와 함께 예체능학과 입학 사정에서 중요하게 다루어진다. 그런 혜린이 실기시험이라고 잘 치를 리 없었다. 마음의 병을 앓고 있는 혜린은 무대 위에 오르기만 하면 정신이 혼미해지다, 끝내 몸도 버티지 못하고 쓰러져버렸다. 반복되는 실패에 자신감마저 상실되고 끝까지 만회할 길 없이 치명적인 결과로 나타났다. 대학 진학의 꿈을 접어야만 했다.

"재능도 없는 데다, 노력도 안 하고 그럴 줄 알았지. 우리 학원에서 초급반 애들이나 가르쳐!"

새엄마는 당연한 결과라는 듯이 만면에 웃음을 띠며 소리쳤다.

혜린이 앨런 버그를 처음 만난 건 그 무렵, 늦은 봄날이었다, 봄비가 추적대며 내리고 있는 오후, 창문을 타고 흘러내리는 물줄기가 지렁이가 꿈틀거리는 것 같이 보일 만큼 제법 많은 양의 봄비였다. 초등학교가 중간고사 기간이다. 대부분의 아이들은 학원에 오지 않는다. 초급반을 맡고 있는 혜린은 모처럼 한가했다.

혜린은 정 강사와 상담실을 겸한 접수실에 앉아 있었다. 자동 미닫이로 된 문이 스르르 열리면서 키가 껑충하게 큰 백안의 이국인 남자가 들어섰다. 혜린과 정 강사 모두 자리에서 일어나며 남자를 맞았다. 남자는 천진한 표정으로 물었다. 남자는 한국말이 조금 서툴렀다. 손짓을 많이 썼고 표정으로 보조를 맞췄다. 우물처럼 깊고 잔잔한 파란 눈에서는 수줍음이 묻어나고 있었다. 머리에 달라붙어 있는 금발은 적당하게 곱슬했다.

"저 피아노 연습 좀 하려는데, 할 수 있을까요?"

백안의 남자는 미숙하게 말했지만, 내용은 알 수 있었다.

"네에~. 할 수 있어요."

그리고 손짓을 해가며 이것저것 물었다. 혜린은 서툰 영어지만 성의껏 대답해주고 싶었다. 단어의 나열만으로도 남자는 어느 정도 알아듣는 눈치였다. 적당히 드러난 털북숭이 가슴골에서는 남성미가 물씬 풍겼다. 곁에 있던 정 강사가 혜린을 보고 콩글리쉬 라며 '킥킥' 웃었다. 그 소리를 들었는지 원장실 문이 열리더니 새엄마가 고개를 쏘옥 내밀었다.

아이라인이 짙게 그려진 커다란 눈을 휘둥글려 남자를 보고는 단박에 문을 밀치고 나와 접수실 입구로 다가왔다. 어깨선에 볼륨이 풍성하게 들어간 아이보리색 블라우스에 밝은 커피색 샤링 스커트를 입고 있었다. 촉촉이 내리는 봄비 속에서 환상적인 차림이었다.

그녀는 백안의 이방인 남자 앞에 서자마자 단박에 영어로 무두질된 혀가 매끄럽게 굴러가며 세련되고 원음 같은 문장들이 쏟아져 나왔다. 표정도 자신감에 차 있었다. 가끔 우아하게 제스추어를 써가며 웃음기를 머금고 여유를 부리기도 했다.

혜린과 정 강사는 무슨 내용인지 알지 못한 채 우두커니 바라만 보고 있었다. 그녀의 시선은 종알거리는 내내 털북숭이 가슴에 멈춰져 움직이지 않았다. 그러더니 청년을 끌듯이 데리고 원장실로 들어갔다. 혜린은 하이에나에게 먹이를 빼앗긴

카이젤처럼 뒷모습만 멀뚱히 바라보았다.

그 후로 앨런은 주로 하루의 일정을 마치고 저녁 무렵에 와서 피아노 연습을 한 시간 정도 하다 돌아가곤 했다. 앨런은 캐나다 알버타대학교에서 피아노를 전공한 정통 피아니스트 지망생이었다. 누구에게나 지도를 받을 레벨은 이미 아니지만, 음악에 대한 감각만은 잃지 않으려고 연습만 하다 가겠다고 했다. 남자는 캐나다 알버타 대학교를 수료하고 일자리를 구했지만 쉽지 않았다고 했다. 그도 자신이 목표했던 대로 일이 풀리지 않자 차라리 낯선 곳에서 일자리를 찾자는 생각으로 한국으로 날아온 청년이었다.

그러나 말로만 듣던 한국 사회에 뛰어들고 보니 모든 환상은 깨어졌다고 했다. 처음 기대와 달리 자신의 꿈을 실현시킬 변변한 일자리를 만나지 못하고 극장식 비어홀에서 타임짜리 연주를 하는 걸로 한국 생활을 시작했다. 그러나 그것도 곧 그만두었다. 한국 사회의 고질병인 텃새 때문이었다. 연줄이 닿아있는 다른 피아니스트에게 자리를 내 줄 수밖에 없었다.

그리고 전공과는 상관없는 영어 원어민 강사를 하고 있다 우선 체류비를 벌어야 했기 때문이었다. 원어민 영어강사 자리가 짧은 시간에 돈을 벌기에 괜찮았다. 원어민이란 조건 하나만으로도 일자리가 많이 들어왔다. 아침 일찍 사무실이 많은 곳에서 직장인을 대상으로 90분짜리 강의를 마치면 학원으로, 오후에는 초등생들 방과 후 수업 강사로, 정말 빡빡한 일정을 소화해내며 정신없이 지내고 있었다. 그러나 피아노와의 단절은 그를 불안하게 했다. 너무 오래 방치해 두면 모든 손 감각은 그대로 사라져 버릴지도 모른다는 조바심이 그를 피아노학원으로 향하게 했다고 했다.

앨런은 생각보다 무척 연습에 충실했다. 그동안 하지 못했던 연습량을 벌충이라도 하려는 듯했다. 한국어도 제법 구사했다. 가끔 혜린이 맡고 있는 3번 방을 기웃거리고 있다가 수강생이 나가고 나면 잠시 들어와 음악에 대한 이런저런 이야기를 손짓을 섞어가며 했다.

혜린도 웬만큼 이해할 수 있었다. 가족소개, 자신의 토론토에서의 학창시절 추억담, 자신이 느끼고 있는 혜린에 대한 호감을 표현해내는 데 어려움이 없을 정도였다.

혜린도 빠르게 앨런의 분위기에 물들어가고 있었다. 문화가 다르다는 것은 호기심이나 화젯거리로 이어지고 늘 대화가 길어졌다. 차츰 앨런이 혜린의 방에 자주 드나들게 되고 너무르는 시간도 길어지면서 새엄마의 눈에 띄는 횟수도 많아졌다. 그때부터 그녀는 드러내놓고 둘의 사이를 감시하기 시작했고 들키는 날엔 혜린은 원장실로 불려가 호되게 시기와 질투가

앙금처럼 고여 있는 독설을 들어야 했다.

"감히 너 따위가 누굴 넘봐. 주제를 알아야지"

혜린은 아무런 말도 하지 못했다. 새엄마의 반복적인 가스라이팅으로 길들여진 혜린은 새엄마 앞에서만은 실어증 환자가 되어있었다.

"혜린 씨, 그동안 여기 드나들면서 많은 것이 의아했어요. 혜린 씨를 향해 쏟아지는 원장님의 그 눈빛이 담고 있는 의미를…. 그런데 이제 알게 됐어요. 정 강사가 그러던데 원장님이 친엄마가 아니라던데요, 전, 그 말 듣고 깜짝 놀랐어요."

혜린의 방을 찾아온 앨런이 말을 꺼냈다.

"그런데도 원장님의 곁을 벗어나지 못하는 혜린 씨가 더 안타까워요. 혜린 씨를 볼 때면 캐나다에 있는 내 동생이 생각나요. 그 애는 스무 살이고 대학 2년 차인데 따로 학교 기숙사에서 생활해요. 어차피 독립을 해야 해요. 빠를수록 좋아요. 이제부터는 내가 힘이 되어 줄게요. 나랑 같이 살아요. 그리고 한국을 떠날 때도 같이 떠나요."

앨런의 단답식 서툰 한국말이었지만, 꾸밈없이 순수하고 진정어린 위로에 혜린의 가슴을 짓누르고 있던 먹구름 사이에서 수정 같은 햇살이 쏟아져 내렸다.

혜린은 자신도 모르게 눈물을 흘렸다. 무언의 감동이었고, 동의였다. 특히 '이곳을 떠날 때 같이 떠나자' 혜린은 그 말을 여러 차례 곱씹으며 가슴에 새겼다.

앨런은 행운의 여신이 보내준 구원투수처럼 혜린에게 다가들었다. 새로운 세계가 눈 앞에 펼쳐질 것 같은 부푼 기대에 혜린은 몇 밤을 잠을 설치며 가슴 설렜다

그리고 차분히 함께 살 준비를 시작했다. 앨런이 일을 마치는 저녁 무렵에 둘은 만나 우선 함께 살 집을 구하러 다녔다. 앨런은 그동안 모아놓은 돈을 아낌없이 내놓았다. 혜린도 얼마 되지 않은 액수지만 보탰다. 그리고 당장 필요한 가재도구들, 그러나 앨런은 가재도구보다 전자 피아노라도 피아노를 더 원했다. 그러면 학원에 연습하러 나오지 않아도 되니까. 혜린도 그게 실용적인 생각이라고 동의했다. 준비는 착착 진행되었다. 혜린은 모처럼 자신이 살아있었다는 것에 행복해했다.

혜린은 마지막 수강생을 보내고 퇴근을 하기 위해 자신의 방을 나섰다. 밤 열 시가 넘은 늦은 시각이었다. 강사들 모두 퇴근을 했고 학원 안이 고요했다. 혜린은 이제 얼마 안 있으면 이 학원을 그만 둘 거라 생각하니 마음이 솜털처럼 가벼워져서 날아오를 것만 같다.

자신의 방을 나와 앨런이 연습실로 사용하는 7번 방 앞에

막 이르렀을 때, 문틈으로 새어 나오는 소리는 은밀하게 관능을 자극했다.

"앨런 나를 안아 봐. 꼬옥, 어려워하지만 말고. 나, 앨런 앞에서는 여자이고 싶어, 흐응."

"제발 이러지 마세요. 원장님 전 두려워요."

"아이 원장이 아니고 지원이라니까, 서지원, 앨런도 날 사랑하잖아 내가 왜 혜린에게 밀려야 돼. 혜린 방에 자주 드나들던데, 내가 혜린만 못한 게 뭐가 있어. 난 콩쿠르에서 입상도 여러 번 했어. 그리고 이 학원도 내 거야. 피아노가 17대나 들어있고 보증금만 해도 얼만데. 이 돈이면 언제든지 빈으로 떠날 수 있어. 그리고 그곳에서 생활하는데 어렵지 않을 거야. 앨런, 우리 같이 가자, 응. 그곳은 음악의 뿌리야. 내가 대학교 때 그곳으로 여행을 간 적이 있는데, 정말 정열적이고 도시 전체가 클래식 학교라 할 만큼, 진한 예술의 향기를 맡을 수 있는 곳이지. 그런 곳에서 나와 함께 꿈을 펼쳐야지, 혜린 따위와는 어울리지 않아 생각해봐. 앨런, 난 혜린 아버지와는 무늬만 부부야. 힘도 빠지고 운도 빠진 거푸집 같은 영감쟁이라고. 그리고 혜린에게는 병이 있어. 무대 공포중, 피아노콩쿠르 대회에 출전했다가, 연주복에 오줌만 지리고 들것에 실려 내려왔다고. 그때가 아마 초등학교 4학년 땐가. 글쎄 겨우 지정곡 마치고 자유곡 들어가자마자 기절을 하더니 오줌을 지린 거야. 내가 얼마나 당황했고 황당했는지 몰라. 호호홋. 피아니스트 지망생에게 무대공포증, 그건 자살이나 다름없어. 호호."

새엄마의 독거미 같은 입술 사이에서 흘러나오고 있는 소리가 분명했다. 새엄마의 빈에 대한 무한한 동경은 그 무엇과 비교할 수가 없을 것 같았다. 그리고 그것을 이루기 위한 그녀의 집착은 상상을 뛰어넘었다. 혜린의 가슴은 주체할 수 없이 두방방이질쳤다. 어쩌면 저럴 수가, 저건 악마! 어떻게 저럴 수가, 혜린에게 새엄마는 천적이었다. 혜린은 어떻게 건물 밖으로 뛰쳐나왔는지 차도에는 차들이 질주하고 있었다. 거리에는 스산한 바람이 가득했다. 혜린은 머리를 흔들었다. 의식을 어지럽히는 소리들, 빛들은 어둠을 삼키며 명멸하고 있었다.

"혜린 우리 같이 살아요. 그리고 이곳에 나오지 말아요. 나도 학원을 그만둘 거예요."

혜린의 방으로 들어온 앨런이 단호한 목소리로 말했다. 앨런은 몹시 불쾌해했고 겁에 질려있었다. 낯선 이국에서 남편 있는 중년 여자의 편집증 같은 애정망상증을 두려워하고 있었다.

"그래 앨런, 고마워. 날 사랑해주어서 고마워."

둘은 서로를 끌어안으며 떨리는 가슴으로 맹세하듯 뜨겁게 입을 맞추었다. 서로의 가슴은 뜨겁게 달아오르고 있었다. 우물같이 깊고 평화로운 앨런의 눈빛이 혜린을 자석처럼 끌어당기고 있었고, 앨런 역시 낯선 곳에서 혜린 같은 안식처를 간절히 원하고 있었는지 모른다.

혜린은 앨런과 함께 살기 시작하면서 앨런이 원했던 대로 가재도구를 생략하고 대신 작고 예쁜 전자 피아노를 들여놓았다. 피아노 의자에 앉으면 바로 창 너머의 정원이 보여 피아노와 정원은 퍽 낭만적인 조합이었다. 앨런과 혜린은 저녁시간이면 피아노 앞에 앉아 쇼팽의 〈야상곡〉을 비롯하여 〈즉흥환상곡 66〉, 〈녹턴〉, 〈왈츠 7번〉 등을 주로 연주했다. 창을 열면 밖의 풍경과 피아노가 연결되어 자연히 야외 연주회 같은 느낌이 들었다. 앨런이 〈엘리제를 위하여〉 곡을 〈혜린을 위하여〉라며 눈은 지그시 감고 연주에 심취해 있을 때면 그의 가늘고 긴 손가락은 나비의 날개처럼 건반 위를 종횡무진 휘젓고 다녔다.

앨런은 소리에 취하면 버릇처럼 눈을 감았다. 시야에 비치는 형상을 차단시키며 귀에 들리는 소리에 집중하려 했다. 혜린은 그 모습을 보고 있으면 가슴에서 뭉클함이 솟구쳤다. 그것은 사랑이었다. 그러나 순간순간 찾아오는 불안 또한 떨쳐버릴 수가 없었다. 행복과 불안이 함께 커가는 것 같았다.

국제 쇼팽 피아노 콩쿠르에서 입상도 여러 번 했다는 앨런은 슈베르트나 쇼팽의 음악세계에 매료되어있었다. 특히 쇼팽은 폴란드인과 프랑스인의 혼혈인으로 그는 주로 피아노곡만을 썼던 작곡가였다. 베에토벤처럼 영웅에 집착하지도 않았고 감정의 흐름이 격정적이지 않으면서 매카닉하고 매우 치밀한 피큐레이션을 종횡무진으로 차용한 것 등이 참신하고 기발하다고 했다.

앨런은 쇼팽의 곡, 각각의 의미와 배경까지도 몹시 흥미로워하며 그의 모든 것에 매몰되어갔다. 새엄마의 에메랄드 반지가 끼워진 손가락이 가끔 앨런의 손가락과 겹쳐 보이기도 했지만, 그것도 차츰 빈도가 뜸해지고 여자의 폭언도 오래전 일처럼 흐릿해지고 있었다.

혜린이 모처럼 맞은 자유 그리고 마음의 평화 그러나 그것도 오래 가지 못했다. 새엄마가 어떻게 알았는지 집을 찾아왔다. 불안이 현실이 되는 순간이었다. 삐 삐 삑~. 현관 벨 소리가 요란했다. 혜린은 순간 새엄마라는 것을 직감했다. 앨런과 혜린은 부둥켜안은 채 서로의 얼굴만 바라보며 공포에 떨었다. 다시 또 벨이 격하게 울렸다.

앨런이 혜린을 밀쳐내고 다가가 문을 열었다. 예상대로 새엄마가 문 뒤에서 분노에 찬 하얗게 질린 얼굴로 서 있었다. 문이 열리자마자, 잽싸게 뛰어 들어와 앨런 뒤에 겁먹은 얼굴로 서 있는 혜린의 뺨을 찰싹! 힘껏 올려 쳤다.

"이 앙큼한 계집애. 내 뒤통수를 이렇게 쳐! 감히 너 따위가 앨런을 꼬드겨서"

욕설도 함께 튀었다. 그러고도 여자는 분을 이기지 못한 듯 바들거리면서 혜린의 머리채를 향해 손을 뻗었다. 혜린은 수비적으로 새엄마를 밀쳐냈다. 좁은 공간에서 타이트한 원피스 차림의 여자는 중심을 잃고 앞 벽에 부딪히다 바닥으로 고꾸라졌다. 얼굴색이 창백해져 있고 입술에서는 붉은 피가 비쳤다. 여자는 수치심을 느꼈는지 입을 앙다물고 벌떡 일어나며 말했다.

"에잇, 이 바람난 암코양이 같은 년!"

"왜 이러십니까? 원장님,"

주먹을 불끈 쥐고 혜린에게 달려드는 찰나, 앨런이 황급히 여자의 앞으로 나서면서 막아섰다.

"혜린이 저를 꼬드긴 게 아닙니다. 우린 서로 사랑합니다."

순간 여자의 눈빛에서 질투의 불꽃이 일었다.

"뭐라고, 사랑? 이 허섭스레기를,"

그러다가 곧 감정을 추스르고 입가에 미소를 흘리며 회유하듯 말했다.

"그런 말 마. 앨런, 난 다 알아. 앨런이 나를 더 사랑하고 있다는 것, 이 계집애가 우리 사이에 끼어들어 사달을 낸 거지? 흐응."

그리고는 와락 끌어안을 것 같은 몸짓을 보이면서 앨런을 한 동안 응시했다. 안아 달라는 감정을 전하려는 것처럼, 그윽하고 야살스러운 눈빛으로, 그러나 앨런은 멀뚱히 서 있었다.

한국의 중년 여인의 끈적거리는 눈빛이 조금은 두려운 듯, 불쾌한 듯 어떠한 액션도 없이….

여자가 옷매무새를 고치면서 두 팔을 벌려, 앨런에게 달려들려는 순간 앨런이 잽싸게 몸을 피해 혜린 곁에 섰다. 여자가 두 사람을 번갈아 훑어보더니 말없이 문을 열고 나갔다.

새엄마가 다녀간 후 앨런이 말수가 줄어들고 침묵하는 시간이 많아졌다. 낯선 곳에서 맞닥뜨린 이상한 상황, 그 새엄마가 또 언제 나타날지…, 몹시 불안해하는 것 같았다. 사랑하는 여자와의 사이에 끼어들어 사랑을 가로채려는 새엄마의 변태적인 행동들, 혜린은 그런 앨런이 안타까웠다. 혜린은 자신이 앓았던 불안과 우울을 앨런이 앓을까, 조바심이 났다. 낯에 일하는 중에도 혜린은 앨런에게 전화를 했다.

"앨런, 퇴근 후 우리 만날까? 밖에서 저녁 먹고 들어가자."

"아냐, 난 먹고 싶지 않아."

앨런의 목소리는 밍밍하게 식어버린 커피처럼 아무런 느낌도 없었다. 그는 무슨 결심이라도 했을까?

혜린은 일을 마치자 부리나케 집으로 향했다. 현관문을 여는 순간 집안 공기가 싸했다.

혜린은 불안한 예감에 휩싸이며 걸음을 옮겨 안방으로 들어섰다. 창가에 놓여있는 피아노 위에서 흰 종이 한 장이 바람에 펄럭이고 있었다. 종이 위에는 손목시계가 놓여있었다. 한눈에 봐도 고급스러워 보였다. 라벨도 떼지 않은 채였다. 라벨에는 '까르띠에'라고 영문으로 씌어있었다. 혜린은 떨리는 손으로 종이를 집어 들었다. 앨런이 쓴 서툰 한글 편지였다.

혜린, 그동안 난 두려웠소, 지금도 무서워요. 원장님의 이해할 수 없는 행동이 날 그렇게 공포스럽게 해요. 나에게는 모든 것이 두려움일 뿐입니다. 내가 떠나는 게 혜린을 위해서 좋을 것 같아요. 며칠 호텔에 머물다, 수속이 마무리되는대로 쇼팽(Fryderyk Francisjek Chopin)의 발자취를 따라 오스트리

아 빈으로 떠날 계획이오. 그곳에서 음악 공부에만 전념할 생각이오. 당신과의 시간 추억만은 가지고 떠나오. 훗날을 기약하진 않겠소. 낯선 한국에서 나에게 길잡이가 되어준 혜린 잊지 않을 거요. 혜린과 보냈던 시간들은 언제나 혜린의 모습과 함께 행복으로 기억될 거요. 그리고 이 시계는 여기 놓아두겠소. 원장님이 커플 시계라며 주신 거예요. 아마 여성용은 원장님이 가지고 계실 거예요. 돌려드리겠습니다. 행운을 빌며 안녕.

- Allan Bug -

앨런이 서툴지만 간결하게 또박또박 써 내려간 편지의 내용이었다. 앨런, 이건 아니야, 혜린은 가슴으로 몰려드는 통증을 참으며 하얗게 비어버린 머리를 감싸 쥐었다. 의식에서 은밀한 속삭임이 환청처럼 울린다.

'아이 앨런 두려워만 말고 날 안아봐, 원장님 이러지 마세요.'

앨런이 떠난 자리에 남겨진 사랑의 짙은 그림자, 그리고 삭풍처럼 가슴에 스미는 공허, 혜린이 감당하기엔 너무 벅찬 상실감과 무력감에 휩싸여, 라이브 주점 일도 그만두었다. 돈을 벌어야 할 이유가 없었다. 며칠째 열어 보지 않은 피아노 위로 먼지가 쌓여가고 안개처럼 공간을 떠도는 정적, 혜린의 시간은 멈춰 있었다.

뜻밖에 새엄마가 찾아왔다. 한 손에 커다란 쇼핑백이 들려 있었다. 그녀의 표정은 가볍고 새날처럼 밝았다. 살굿빛 바탕에 짙은 체리핑크 꽃무늬가 살아 움직이듯 하늘거리는 화사한 원피스 차림이었다. 어깨 위에서 찰랑거렸던 긴 머리는 요즘 트랜드인 짧고 상큼한 컬 커트로 손질했고 립스틱 색도 바뀌어 있었다.

"혜린아."

현관 안으로 들어서면서 내는 그녀의 목소리는 뜻밖에 질감부터 달라져 있었다. 솜사탕처럼 부드럽고 이해할 수 없이 들떠 있기까지 했다. 그리고 혀끝으로 소리를 내며 말했다.

"쯧쯧, 혜린아. 네가 순진한 거야, 근본도 모르고 지구 저편에서 날아온 자식을, 사랑인 줄 알고 덥석 끌어안아서…, 이렇게 마음만 다치고 말았구나. 잊어버려, 첫사랑이란 다 그렇게 아픈 거야."

그리고는 눈을 찡긋거렸다지만 입가에서는 숨길 수 없는 미소가 피어올랐다.

그러더니 들고 온 쇼핑백에서 밑반찬들을 꺼내어 식탁 위에 펼쳐놓으면서 말했다.

"혹시라도 네가 또 상심해서 굶고 있을까 봐 마음이 어찌나 아프던지 입맛 당기는 것들을 좀 샀지. 이런 게 다 어쩔 수 없는 엄마 마음인 거야. 기집애, 이럴 때일수록 밥 잘 챙겨 먹고 기운을 차려야지."

눈을 살짝 흘기며 생뚱맞게 비음 섞인 콧소리를 내며 달콤하게 말했다. 혜린의 휑하게 비어있는 가슴에서 역겨움이 목울대를 타고 올라왔다.

"그러실 필요 없어요. 그리고 저, 집 옮길 거예요. 부동산에 내놓았어요. 이젠 오지 마세요."

"뭐 집 옮긴다고, 혜린아 나도 있잖니? 학원 넘겼어."

혜린은 놀랐다.

"학원을 넘기다니요? 왜요? 그거 아버지가 차려주신 거 아녜요?"

"애 좀 봐, 이제 싫증이 날 때도 됐지. 너의 아버지가 차려주었음 팔지도 못해!"

조곤거리다 갑자기 볼륨을 높여 고함을 쳤다. 그러다 다시 낮고 조용한 목소리로 말했다.

"너무 오래 했더니 지겨워졌어 애~."

"아버지도 알아요? 학원 넘긴 거."

"너의 아버지가 알거나 모르거나 그게 뭐가 중요해 그 학원 내 건데."

"돈은 어떻게 했어요. 적지 않을 텐데."

여자가 말없이 미소만 지었다. 조금 겸연쩍은 미소였다.

그럴 때 얼굴에 번져나는 눅눅한 악마의 미소, 통통한 볼에 쏙 들어가는 보조개, 그녀는 분명 악마의 화신이었다.

그녀가 흘려 놓고 간 화사 같은 환영에 혜린은 며칠째 갇혀 있었다. 지워버리려 할수록 더 짙게 들러붙었다. 여자의 운기는 혜린을 더 무기력하게 했다. 손가락 하나 꼼짝할 기력도 없었다.

"혜린아, 너의 새엄마가 사라졌어. 며칠째 안 들어와. 전화도 안 받고, 학원에 가보니 다른 사람이 들어와 있어. 이걸 어쩌나 혜린아 네가 좀 찾아봐."

전화기 너머에서 들려오는 아버지의 탄식 같은 음성이 혜린의 귓가에서 멈췄다.

출입국 관리사무소를 통해 알아본 결과 새엄마, 서지원은 이미 출국한 상태였다. 3일 전 저녁 비행기 에어프랑스 편으로 인천공항을 떠났고, 위치 추적 결과, 지금은 빈 중심부에 있는 Wilhelmsof호텔에 머물고 있는 것으로 확인이 되었다.

혜린은 의식이 점점 허물어지고 허상이 날아들었다. 앨런 옆에서 활짝 웃고 있는 여자가 떠오른다. 유서 깊은 빈 오페라 하우스의 객석에 앨런과 나란히 앉아 있는 여자, 여자는 노란 튤립이 가득 수놓아진 원피스를 입고 월계수 잎으로 장식된 유럽풍의 모자를 쓰고 있었다. 여자가 혜린을 향해 함박웃음을 날린다. '사랑은 이렇게 쟁취하는 거야. 나, 이 사랑 영원히 지켜가고 싶어 호홋.' 혜린의 공허한 가슴으로 차가운 바람이 스며든다. 언젠가 앨런이 인간의 도덕적 의지를 최면으로 지워버리는 '악마적 멜로디'라며 들려주었던 베토벤의 '크로이처 소나타' 곡이 되살아난다. 그때는 몰랐었는데, 어쩌면 그것은 여자의 뒤틀린 사랑을 은유하며 들려준 곡이었는지도 모르겠다. 막막하게 드리워진 어둠이 혜린을 감싼다. 어둠이 갈라지는 굉음에 놀라 화들짝 눈을 떴을 때. 혜린은 하얀 시트 위에 누워있었다.

인연의 법칙

인연의 법칙

 남현우, 그는 피하고 있는 게 분명했다. 전화 통화는 물론 문자나 카톡에도 응답하지 않았다. 모든 연결망을 차단시켜 버린 것 같았다. 어제였던가, 회사식당에서 바로 지척에서 연희의 모습을 보고도 못 본 체 지나가 버렸다. 그런 태도는 동료관계로만 생각해도 있을 수 없는 일이었다. 최소한의 목례 정도는 있어야 하지 않을까, 연희의 호의적인 눈인사에도 현우는 외면했다. 예전에 관계를 들키지 않기 위해 보였던 덤덤함과는 사뭇 다른 거였다.

 도심을 조금 벗어났을 뿐인데 미지의 세계에 들어온 것 같다. 유영산을 병풍처럼 두르고 오래된 한옥들이 문명을 향해 손사래를 치듯 고색창연하게 앉아 있었다. 마을 어귀에는 아름드리 몸통에 진녹색의 이끼가 낀 느티나무와 골기와 집들도 여기저기 남아있어 마치 잘 보존된 한옥마을 같았다. 연희는 고목나무 아래 뭉우리돌에 걸터앉았다. 잿빛 개 한 마리가 골목을 어슬렁거리고 다닌 것 외에는 다른 인기척은 없었다. 골목길은 텅 비어 고즈넉했다.

모든 게 엉켜버린 느낌에 숨이 막혀왔다. 왜 그들은 그렇게 떠나려고만 하는 걸까? 사랑은 집시처럼 오래 머물지 않았다. 떠나보냈거나, 저 스스로 떠나갔거나 사실 떠나보낸 건 J뿐이었고, P도 K도 모두 그렇게 저 스스로 떠났다. 관계가 따뜻해져서 기대고 싶고 안주하고 싶어질 때쯤이면 그들은 이별을 준비하고 있었다. 함께한 시간들만 허물처럼 남겨 놓은 채, 성체 나비가 되어 날아갔다. 연희가 사랑이 시작되었다고 느끼면 그들은 끝이라고 외쳤다. 그들은 모두 어디로 갔을까, 떠난 자들은 어디로 간 걸까, 어디선가 J의 말이 흘러든다.
"누나 다음 주말에 누나 부모님께 인사 가자. 그리고 금년 내로 날 잡아 우리 결혼하자."
누나라고 부르며 잘 따르던 후배였다.
"철딱서니 없기는 어린 녀석이, 결혼이 뭔 줄이나 아니?"
그땐 J가 그저 철부지인 줄만 알았다.
"엄마처럼 굴지 마, 나이 두 살 많은 게 뭐 대수라고."
그게 연희에게는 첫사랑이었다. 보내지 말았어야 했는데….

연희는 자신이 떠나보낸 것만 같아 후회스럽다.

애정운이라면 족집게처럼 찍어서 속 시원하게 풀어 준다는 '선녀보살' 간판 아래 멈춰 섰다. 어젯밤 인터넷을 한참 뒤져 어렵게 찾아낸 점집이었다. 이제 정확하게 찾아왔다.

연희는 주위를 살폈다. 건물과는 어울리지 않게 흰 새시 문이 모던한 분위기를 풍겼다. 이번에는 문을 살짝 안으로 밀어 보았다. 문이 안으로 밀리면서 꽤 넓은 방이 나타났다. 대기실인 듯했다. 연희는 안으로 들어섰다. '쨍그랑 쨍쨍' 문 뒤에 매달려있는 놋쇠종이 요란스럽게 소리를 냈다.

종소리가 시끄럽게 울리자, 반사적으로 벽 앞에 멀뚱히 서 있던 여자와 한쪽에 붙어있는 카키색 소파에 턱을 괸 채 앉아 있던 여자가 거의 동시에 고개를 돌려 연희 쪽을 바라봤다. 연희는 자신의 얼굴에 쏟아지는 뜨악한 시선들이 멋쩍었지만 개의치 않았다. 그리고는 현관 앞에 성의 없이 놓여있는 지저분한 슬리퍼 두 짝을 맞춰서 꿰어 신고 소파 끝에 가 앉았다.

입김이 날숨 따라 뽀얗게 피어올랐다. 소파에 앉아 있던 여자는 별거 아니라는 듯 곧 시선을 돌려 처음대로 창밖을 응시했다. 여자는 거무스름한 피부에 얼굴이 갸름했다. 파운데이션을 곱게 입혔는데도 거무스름한 게 보였다. 짙은 쌍꺼풀 아래 눈 그늘이 그윽해 이국적으로 보였고, 이른 아침 맑은 햇살이 여자의 뒤통수 쪽을 비스듬히 비추면서 틀어 올린 머리 아래 목덜미가 깔끔하고 시원스러워 보였다. 턱을 괸 손에 알이 굵은 보석 반지가 도드라져 보였다.

어색하고 무거운 정적이 세 여자 사이를 흐르고 있었다. 실내를 둘러보았다. 저쪽 귀퉁이에 철제책상과 의자는 비어있었다. 벽에는 '세상사 모든 일들은 돌고 도는 인연 고리의 연속입니다. 지금 당신을 옭아매고 있는 굴레를 풀어서 바른길로 인도하겠습니다.' 그 옆에는 '이제 당신의 미래가 선녀님의 손바닥 위에 훤히 나타날 것입니다.'라는 샤머니즘적인 그림과 글귀들이 액자 안에서 유리에 눌려 있었다. 연희가 고개를 드는 순간 글자들이 살아서 움직이듯이 눈으로 들어왔다. 그 말이 분명 주술이거나 주문일 거라고 생각될 뿐, 무슨 뜻인지 정확히 알 수는 없었다.

아까부터 벽 앞에 서 있던 여자는 불안한 듯, 서성대며 여기저기 액자의 글귀들을 훑고 다녔다. 여자는 몸집이 뚱뚱했고 얼굴은 몹시 푸석해 보였다. 화장기 없이 잡티가 그대로 드러나는 민얼굴에 생머리 단발이 조금 억지스러워 보였다. 낡은 청바지에 상의는 적갈색의 가죽 재킷을 입고 있었는데, 가죽의 표면이 거미줄처럼 미세한 균열들로 이루어져 윤기라고는 찾아볼 수 없이 거칠고 낡아 보였다.

　벽 위에 붙어있는 둥근 벽걸이 시계가 9시 40분을 가리키고 있었다. 대기실 안은 세 여인들의 숨소리만 어색하게 감지될 뿐, 고요했다.

　출입문 맞은편으로 난 문이 갑자기 열리더니 깡마르고 잿빛 통바지에 역시 잿빛 조끼를 받쳐 입은 여자가 들어왔다. 여자는 실내를 슬쩍 훑더니 철제책상 쪽으로 걸어갔다. 대기실에 근무하는 총무인 듯했다.

　"먼저 오신 순서대로 접수하세요."

　여자의 목소리가 쩌렁쩌렁 울렸다. 대기실 안의 정적이 흔들렸다. 세 여자 모두 자세를 고쳐 앉으며 서로를 흘끔흘끔 바라봤다. 낡은 청바지가 먼저 총무 앞으로 다가가더니. 소곤거리듯 낮은 소리로 생년월일을 알려주는 것 같았다. 신상내역을 말할 때는 모두 낮게 말했다. 검은 피부의 여자도 술술 능속하게 말하고 다시 소파에 앉았다. 연희도 맨 마지막으로 접수를 마치고 처음 그 자리에 가 앉았다.

　낡은 청바지가 상담실에 들어간 후 간간이 선녀보살의 음성이 문 틈새로 새어 나왔다. 내용은 알 수 없었지만, 큰소리도 났다가 회유하듯 조곤조곤하기도 했다. 무슨 말 못할 사연이 있는 걸까? 여자가 내내 불안해했던 모습이 떠올랐다.

비만해진 아내에 대한 불만을 철없이 늘어놓던 현우가 불쑥 떠올랐다. 현우는 아내를 주저 없이 공룡이라 불렀다. 아내는 왜? 그토록 아들에게 집착하는지 어쩌면 그것은 딸만 내리 낳는다고 가정을 등진 아버지에게서 받은 어린 시절의 트라우마가 아니겠느냐며 분석까지 덧붙였다. 결국 셋째까지 딸로 낳은 아내의 허탈감은 과잉 식욕으로 나타났고. 몸은 주체할 수 없을 정도로 비대해졌다고 했다. 거기다 산후우울증까지 찾아와 감정의 기복이 심하고 돌발성 히스테리까지 겹쳐 완전 접근금지에, 현우는 자신도 그런 아내를 보면 애욕이 일기는커녕 저만치 달아난다며 끔찍하다는 듯이 얼굴을 한껏 찌푸렸다. 사실상 부부관계가 회복 불능 상태에 이른 것 같다며 절망적이라고 덧붙였다.

"난 요즘 퇴근 후 집에 들어가면 남자의 무덤에 들어온 기분을 느껴. 딸 셋과 아내, 거기다 아이들의 외할머니까지"

그런 말을 할 때 현우는 정말 철부지 소년 같아 보였다.

상담실 안으로 들어온 낡은 청바지는 공손히 보살 앞에 앉았다. 마치 구세군이라도 만난 것처럼.

"무슨 일로 왔느냐?"

선녀가 묻자 낡은 청바지는 벼르고 있던 대로,

"남편이 바람이 난 것…, 가… 같아요."

낡은 청바지는 더듬거리는 목소리로 말했다. 그리고는 으흐흑, 복받치는 감정을 누르지 못하고 기어이 울음까지 터뜨리고 말았다. 마치 그동안 쌓인 감정을 방전되기 직전 상태에서 쏟아 내듯 말했다.

"정확히는 모르지만, 꽤 오래전부터인 것 같아요."

여자는 애정이 식어버린 남편은 잠자리에서도 등을 돌리고 미라처럼 군다며 배신감인지 굴욕감인지, 얼굴 근육이 미세하게 실룩거렸다. 그때, 선녀가 지그시 감고 있던 눈을 번쩍 치켜뜨자 괴기스럽게 돌변했다.

"답답한 사람!"

선녀 보살은 앞에 놓인 탁자를 두꺼비 등 같은 손바닥으로 탁 내리쳤다. 여자는 화들짝 놀라 몸을 뒤로 젖히며 선녀를 빤히 쳐다봤다.

"남편이 너에게서 마음이 떠난 건 오래됐어!"

선녀는 눈을 하얗게 치켜뜨며 호통을 쳤다. 낡은 청바지는 예상했던 대로라며 분하고 억울하다고 또 눈물을 쏟았다.

"울지 마라. 방법을 찾아야지 어떡허냐, 다시 집으로 불러들여야지. 음, 음."

선녀는 결의를 보이듯 입을 앙다물고 헛기침 소리를 냈다.

낡은 청바지는 방법을 찾아야 한다는 말이 솔깃해 마치 복음이라도 들으려는 듯 선녀의 입을 애절하게 쳐다보고 있었다.

"부적을 써!"

선녀는 작두날처럼 단호하게 말했다. 나이도 가늠할 수 없이 핏기 없이 창백한 얼굴에 쭉 찢어진 눈매, 납작 엎드린 코, 있는 듯 없는 듯 위치 확인만 시켜주는 입술, 선녀의 모습은 마치 귀신의 환영을 보는 것 같았다. 검은 눈자위를 위로 치켜올리고 온통 흰자위만 드러낼 때 간담이 서늘하기까지 했다. 분위기를 이미 압도한 선녀는 부적을 쓰라고 낡은 청바지를 옭죄고 있었다. 청바지는 난감했다. 선녀의 요구대로 부적을 쓰기엔 돈이 없고, 거절했다간 화를 당하지나 않을까 두려웠다.

"그러면 부적값은 얼마… 인데요?"

청바지는 감정을 추스른 듯했지만, 그래도 표정엔 갈등하는 빛이 역력했다.

"삼백! 그까짓 돈 삼백이 뭐 대수라고 남편 뺏기고 혼자 딸 셋 키우고 살 수 있어? 먹여 살릴 자신 있냐고?"

선녀가 회유를 했다.

"부적을 써줄 테니 침대 밑에 넣어 놓고 있어 봐. 남편도 돌아오고 집안이 편안해질 테니까,"

선녀가 흘끔 여자를 곁눈질로 흘겨봤다. 청바지는 얼굴이 발갛게 달아올라 갈피를 못 잡고 안절부절못하다 갑자기 벌떡 일어나 그대로 나가버렸다. 불안하고 돌발적인 모습이었다.

연희는 상담을 마치고 집으로 오는 버스를 타기 위해 정류장을 향해 걸었다. 길거리에는 마른 잎들이 바람결 따라 날리다 지나가는 사람들의 발밑에서 바스러지기도 했다. 어느새 나목이 되어가는 나무를 바라보며 쉼 없이 가고 있는 시간들을 느꼈다. '인연은 떠도는 거야 머무르지 않아 다가오면 멀어지고 붙잡으려면 벌써 저만치 떠나버리고 말지, 보채지 마라' 선녀는 가느다란 홑눈을 치켜뜨고 알 듯 모를 듯한 말들을 연희를 향해 쏟아 냈다. 머릿속이 뒤죽박죽되어 혼란만 더 증폭되었다. '모든 것은 어느 쪽으로든 결론이 나게 돼있다. 그리고 흘러가는 시간 따라 지나간다.' 원대대로 기다리기로 했다. 서두르지 말자고 다짐했다. 현우에 대한 자신의 밉지 않은 감정이 살아있는 한 어쨌거나 기다려야지 성마름으로 일을 그르칠 수는 없는 일이었다. 꼬르륵 배에서 소리가 났다. 점심시간이 기울어 있었다.

빌라 입구에 들어서다 벽면을 어지럽히며 붙어있는 선단지가 눈에 들어왔다. 다른 때 같으면 그저 지저분한 휴지라며 거들떠보지도 않았겠지만, 오늘은 요긴했다. 하나하나 훑어보고 있었다. 족발이 먹고 싶었기 때문이었다. 연희는 족발집을 찾아내고 바로 전화를 걸었다.

연희는 현우와 있을 땐 주로 치킨을 시켜 먹었다. 현우는 유난히 치킨을 좋아했다. 바삭하고 고소하게 튀긴 치킨 조각에 알싸한 맥주 한잔 곁들이면 거부할 수 없는 악마의 유혹이라고 극찬을 아끼지 않았다. 그 맛에 이끌려 치킨은 둘이서 먹는 간식의 단골 메뉴였다.

현관문을 열자, 유리창을 투과해 들어온 가을 햇살이 거실 바닥에서 고물거렸다. 눈이 부시다. 연희는 창가로 다가가 창문을 열었다. 바람에 실려 낙엽 냄새가 들어왔다. 저만치 가을옷으로 바꿔 입은 앞산이 수채화처럼 펼쳐져 있었다. 하늘을 올려다보았다. 파란 하늘에 솜털 구름이 여유롭다. 연희는 갑자기 외로움에 휩싸였다. 말없이 창문을 힘껏 밀어 닫았다. 창문이 '드르륵' 달려가 창틀에 부딪히다 멈췄다. 무료한 몸짓일 뿐, 우울한 기분은 사라지지 않았다.
'삐삐삐.' 현관 벨 소리와 함께 족발 배달 왔습니다.라는 소리가 들렸다.
현관문 밖에서 나는 소리는 퍽이나 앳된 소년의 목소리였다. 연희가 문을 열자 얼굴에 주근깨가 흩뿌려진 소년이 서 있었다. 소년은 말없이 족발 상자를 연희에게 건네주었다. 소년의 손톱 밑이 새까만 게 연희의 눈에 들어왔다. 거기다 족발 냄새까지 '훅'콧속으로 스며들자 갑자기 속이 메슥거렸다. 그대로 식탁 위에 던져놓고 방으로 들어와 침대로 몸을 던지듯 쓰러졌다. 현우의 머리가 닿았던 침대 안쪽 모퉁이에서 스멀스멀 현우의 채취가 흘러나왔다. 따스한 체온이 가슴으로 전해졌다. 방 한구석에서 행어에 걸려있는 현우의 옷들이 눈에 띄었다. 점퍼, 재킷, 트레이닝복 등, 트레이닝복은 얼마 전 사내 배구 시합 때 연희가 사 주었던 옷이다. 감청 바탕에 주황색으로 포인트를 넣어 운동복이라기보다 일상복에 가까웠다. 연희 집에 머무를 때 입었던 옷이다. 화장대 위에 스킨과 로션, 헤어 젤 등 현우와 같이했던 시간들이 집안 곳곳에 새겨져있는데 현우는 지금 곁에 없다. 연희는 집안에 내려앉은 적막감이 가버린 시간들의 무덤처럼 느껴졌다. 현우가 떠올랐다. 이럴 때 현우가 곁에 있다면…. 빈자리가 더욱 휑하게 느껴졌다. 몸이 더 기억했다.

깡마른 체구에 짙고 풍성한 고수머리, 커다란 눈, 샤워를 마치고 거울 앞에서 스킨을 바르고 얼굴을 매만질 때면 자신이 그레고리 펙을 닮았다며 어깨를 으쓱거리곤 했다. 큰 키 때문에 걸을 땐 휘청거리는 것처럼 보이기도 했지만, 강단이 있는 체격이다. 근육질 안에 스테미너가 차고 넘쳐서 주체가 안 된다며 늘 철부지 같은 자신감에 젖어있곤 했었다.

연희는 자신의 삶 속에 깊이 들어와 있는 현우를 느꼈다. 지금 이 시각 어디서 무얼 하고 있을까? 주말은 늘 같이 보냈는데 남현우, 그의 관심의 과녁은 지금 어디를 조준하고 있을까? 궁금했다. '지금 어디야? 오후엔 시간 있어' 연희는 견디다 못해 문자를 보냈다. 그리고 기다린다. 배팅을 걸어놓고 결과를 기다리는 도박중독자처럼…, 붙잡으려면 더 멀어지는 게 인연인 게야. 부질없다. 부질없다. 만남도 헤어짐도 다 운명인 것을…. 선녀의 말이 머릿속에 정체되어 있다가 불쑥 떠오른다.

검은 피부 여자를 보고 선녀가 말했다.
"업종을 바꾸긴 뭘 바꿔 술장사가 너한테 딱인데! 그대로 밀고 나가! 장사가 안돼서 다른 걸로 바꾸고 볼까 하고 왔지? 조금만 기다려봐! 장사도 잘되고 좋은 인연도 곧 나타날 거야 사랑도 많이 해봤구만, 아직 옳은 인연을 못 만났네."
선녀의 목소리는 카랑카랑했다. 검은 피부 여자는 정말 뜻밖이었다. 그때는 새벽까지 장사를 해도 고작 손님 몇 팀 받기도 어려웠다. 피곤하기만 하고 손에 잡히는 수입은 제 경비를 빼고 나면 말짱 도루묵인 셈인데…, 밀고 나가라니? 검은 피부 여자는 의아한 눈빛으로 선녀를 바라보았다.
검은 피부 여자는 필리핀 여자와 한국인 남자 사이에서 태어난 코피노였다. 필리핀 어머니는 자신을 낳은 뒤에도 낯선 한국의 풍토에 적응하지 못하고 고립되어 우울해하다 결국 자기 나라로 돌아갔다고 했다. 그 후로 검은 피부는 한국인 아버지 밑에서 성장하며 어머니를 향한 그리움도 원망도 혼자서 삼켰다고 했다.

"조금 있어 봐, 너와 비슷한 처지의 남자가 곧 다가올 거야. 그 남자 잡아 인연이야. 그런데 당기는 힘이 약해 부적을 써야겠어!"

그리고는 손바닥을 들어 보이면서 자신의 손은 미래를 비추는 거울이라고 했다.

"이 안에 지금 그 인연이 들어와 있는데, 눈이 열리지 않아 보이지 않을 뿐."

이라며 부적을 써다 몸에 지니면 혜안이 열릴 것이라며 우주적이고 4차원적인 말로 검은 피부 여자를 어리둥절케 했다. 검은 피부는 잔뜩 긴장한 얼굴로 선녀를 응시하고 있었다.

현우의 첫 가출은 중3 때였다. 그만그만한 놈들 셋이서, 그들은 모두 주어진 현실을 받아들이지 못하고 환경과 불화를 겪는 치들이었다. 무작정 집을 나와 떠돌이 개들처럼 거리를 쏘다녔다. 밤에는 주로 변두리 낡은 주택가 공터에서 잠을 잤다. 재활용 박스가 널려있어 은신하기가 좋았다. 상자들을 펼쳐서 얼기설기 덧대어 만든 더미 위에 누워있으면 별이 성글게 박힌 하늘이 다가와 포근히 자신을 감싸주는 것 같은 착시에 빠졌다. 우주가 가슴으로 들어오는 것 같은 착각이 즐거웠다.

담배도 맘껏 피우고 술도 실컷 마셨다. 부탄가스 흡입도, 본드의 환각 작용도 그때 체험했다. 깜박거리는 담뱃불을 보고 유기견들이 몰려들기도 했다.

"컹컹, 킁킁."

저들 영역에 들어온 침입자를 향해 주인 텃세를 했다.

"짜식 버림받은 주제에 개라고 짖기는 야! 너랑 나랑 같은 동족이야, 우리 같이 살아야 돼. 알았지."

그들은 개들과 소통을 시도해 봤다. 그러면 개들은 정말 알아듣기라도 한 듯 짖기를 멈추고 현우 옆에 웅크리고 있곤 했다. 새엄마의 상투적이고 의도된 간섭에서 벗어나 자기만의 원초적 욕구에 충실하고 싶었던 사춘기 시절, '우리가 추구하는 삶의 가치가 뭔 줄 니들이 알기나 해.' 세상을 향한 막연한 항변이었다.

저 우주는 늘 돌아가고 싶다는 충동을 느끼는 마음의 고향이라고 현우는 생각했다. 그곳은 아마도 지구 밖의 또 다른 행성에 존재하는 곳일 거야. 현우의 유년기적 애정 결핍감은 그런 양상으로 자리잡혀있는 듯했다. 그런 말을 할 땐 현우는 정말 도시를 떠도는 유기소년이었다. 유전자에 새겨진 방랑벽인지 가끔은 핏기 없이 창백한 달빛 아래, 유기견이 되고 싶다고 했다. 그는 스스로를 자유로운 영혼, 떠돌이 집시라고 지칭했다. 겉모습과는 다르게 의식세계는 인간의 궤적을 벗어나 있는 듯했다.

연희는 퇴근 시간이 가까워지자 초조해진다. 오늘은 꼭 만나야겠다. 만나서 무슨 말이면 해야 할 것 같았다. 갑자기 태도가 달라진 이유에서부터 자신의 임신 사실까지 현우의 생각을 알아야 했다. 차연희 씨 임신 8주예요. 어제 병원에서 검진 결과를 듣고 연희는 몹시 당황스러웠지만, 겉으로 드러낼 수는 없었다. 태연한 척 병원 문을 나와야 했다. 그리고는 막막한 긴장감으로 밤을 새웠다. 머릿속으로 끝없이 밀려드는 생각들에 뭔지 모를 분노가 치밀었다. 엎치락뒤치락 날밤을 새우고 나니 머리가 지끈거려 출근길에 약국에 들러 진통제 두 알을 사 먹었다.

지난 주말, 총무과 회식 자리에서, 연희가 총무과로 자리를 옮긴 건 지난 3월이었다. 대리로 승진하면서 총무과로 발령이 났었다. 그 자리에서 박 과장이 현우를 씹어댔다.
"남 과장. 그 자식, 청소년기에 부모의 이혼을 겪었더구만.

제 아버지가 말이야, 새파랗게 젊은 여자를 꿰차고 자식 딸린 마누라를 버린 거야. 그러니 현우 자식의 그 호색기가 근거 없는 건 아니야. 유전자에 새겨진 기질인 만큼 내면에 숙주처럼 들러붙어 평생 따라다닐 거야."

술자리에서 털어놓기에는 적절치 않은 말이었다. 더구나 처음이 아닌 듯 말은 요약되고 정돈되어 있었다.

연희가 이 회사 입사할 당시 현우는 연희의 직속 상사였다. 신입사원인 연희에게 친절했고 호의를 느끼게 하기에 충분했다. 특히 현우는 사내에서도 두뇌 회전이 빠르고 창의적이고 모든 일에 적극적이라는 평가를 받고 있었다. 고속으로 과장 자리에 오르기까지 그는 능력만큼은 인정받고 있었다. 그것이 시샘을 받는 이유일 수도 있겠지만 박 과장과 앙숙인 건 회사에서도 잘 알려진 사실이었다. 말을 마치고는 박 과장은 연희의 표정을 살폈다. 연희는 얼굴이 화끈거려 고개를 똑바로 들 수가 없었다. 두 사람의 은밀한 관계를 박 과장이 눈치를 채고 있는 듯해 보였기 때문이었다. 연희는 옆 사람의 등 뒤로 얼굴을 숨겼다.

문자를 만드는 연희의 손이 조금씩 떨리기 시작했다. 처음 현우가 연희네 아파트 앞에 찾아왔을 때처럼 알 수 없는 긴장감이 조여왔다. 마음을 다잡는다. '8시, 아파트 작은 정원 두 번째 벤치 기다릴게' 작은 정원, 그곳은 연희네 아파트 뒤에 있는 산 절개지 옹벽 밑, 조금 으슥한 곳이다. 처음 그들의 데이트가 시작된 곳이기도 하다. 작년 늦가을 자정이 가까워진 시각 현우는 술에 취해 불콰해진 얼굴로 찾아왔다. 연희는 놀랐지만, 뜻밖은 아니었다. 그 무렵 자신을 바라보는 현우의 시선은 은근했고 뭔가 끈적임 같은 것이 있었다. 어렴풋하게 느끼고 있었던 참이었다.

잠시 후 문자가 들어왔다. '무슨 할 얘기 있어?' 현우의 답이다. 멈춰 있던 기계가 작동을 시작하듯 심장이 빠르게 뛰기 시작했다. 나쁜 자식 그럼 저는 할 얘기가 없단 말인가, '응 할 얘기 많아 꼭 와 줘, 기다릴게.' 끓어오르는 배신감을 차분하게 가라앉히며 퇴근을 서둘렀다. 조금 빠른 시각에 사무실을 나왔다.

연희는 침대에서 몸을 일으켰다. 잠시만 누워있으려는 게 깜박 잠이 들었던 모양이다. 부스스한 머리를 쓸어 넘기며 거울 앞으로 다가갔다. 거울 속 여인은 낯설다. 찬찬히 들여다보았다. 잡티가 거뭇거뭇 짙어지고 입가에 주름이 주글주글거린다. 연륜이 묻어난다. 자기연민에 사로잡힌다. 몸을 돌려 옷장 문을 열고 옷을 꺼냈다. 체크무늬 트렌치코트를 손에 잡았다. 꽤 비싼 값에 산 바바리다. 아직 할부가 다 끝나지 않았다. 밤이라 쌀쌀하기도 했지만, 자신을 고급스럽게 포장하고 싶었다. 자기연민에서 벗어나고 싶은 조바심일지도 모른다.

코트 깃을 높이 더 높이 세워본다. 거울 앞에 서서 앞뒤를 비춰본다. 허리선이 두루뭉술하게 보였다. 숄더백을 걸쳐 매고 한 손은 포켓 속에 쑤셔 넣은 채 현관 신발장에서 통굽의 하이힐을 꺼냈다.

짧은 가을해는 어둠에 밀려 사라지고 주황색 가로등이 도시의 가을밤에 운치를 더했다. 작은 정원에 현우의 모습은 보이지 않았다. 연희는 주위를 두리번거렸다. 신경이 쓰인다. 밤이슬을 맞으며 현우가 나타나주기를 기다린다. 문득 자신이 불혹을 넘긴 나이라는 것을 깨닫는다. '넌 언제까지 그러고 혼자 있을 거니? 동네에서 부끄러워 내가 밖에 나가기가 싫다.' 지난 추석 때 어머니가 한 걱정이 귓가에서 되살아났다. '결혼이 그렇게 쉬워, 혼자 하는 것도 아닌데, 휴우~.' 연희가 날숨을 내뱉자 하얀 입김이 피어오르다 밤공기 속으로 섞인다. 바스락바스락 어둠 속에서 소리가 들렸다. 연희는 숨을 죽이고 어둠 속을 노려봤다. 얼룩덜룩한 고양이 한 마리가 불빛 속으로 들어왔다. 고양이도 연희를 보자 멈칫거린다. 눈빛이 가로등빛에 물들어 붉은빛을 띠었다.

"넌 여기 왜? 왔니, 나 지금 아주 기분 더러워, 죽고 싶을 만큼 말이야, 사랑이 왜 이렇게 어려운 거니?"

연희는 고양이를 향해 중얼거린다. 고양이는 붉은빛을 띤 눈으로 연희를 한참 응시하다 경계하듯 달아나버렸다. '무슨 할 말 있어?' 현우의 글자가 떠오르고 초라함과 분노가 동시에 밀려왔다. '나쁜 자식!' 잿빛 어둠 속에다 내질러본다. 메아리도 없는 공허뿐이다. 벤치에 걸터앉았다. 발길질을 툭툭 해 본다. 벤치 아래 마른 잎들이 바스락거리다 바람에 이리저리 날린다.

저쪽에서 자박자박 발자국 소리가 들린다. 흐릿한 불빛 아래 현우의 모습이 보인다. 현우가 가까이 다가오더니 걸음을 멈추고 연희를 흘깃 쳐다본다.

"많이 기다렸니?"

메마른 목소리가 낯설다. 애써 입가에 웃음을 흘린다.

"응."

연희도 역시 짧고 덤덤하게 대답했다. 그 간의 둘에서 새겼던 시간들은 흔적도 없이 삭제된듯했다. 할 말을 어디서부터 어떻게 해야 할지 어색해져 버린 두 남녀가 우두커니 장승처럼 그림자를 달고 가로등 불빛 속에 서 있었다. 괴롭고 고통스러운 긴 침묵만 흐르고 있었다.

현우가 부스럭거리며 주머니를 훑어 담배 한 개비를 꺼내 물고 라이터로 불을 댕겼다. 어색한 분위기를 의식한 듯, 길게 한 모금 빨아들이는지 담뱃불이 빨갛게 타들어 간다. 후~유. 연기는 동글동글 나선형을 그리다 바람에 불려 날아갔다.

"할 말이 있다고 하지 않았어?"

현우가 침묵을 깨고 말했다. 할 말 있거든 어서 하라고 채근을 하는 것 같았다. 자신은 할 말이 없다는 투다. 뻔뻔스럽다. 연희는 끓어오르는 배신감을 힘겹게 누르며 현우를 응시한다.

"나 임신했어, 아이 가졌다고. 병원에도 다녀왔어."

연희도 마지막 직격탄을 날렸다. 그리고는 시선을 들어 현우의 반응을 살핀다. 현우는 말없이 어둠 속에서 담배 연기만 두어 번 더 뱉더니 연기를 따라 눈자위가 치켜 올라간다. 애써 시선을 피한다. 그 모습은 마치 별 관심 없다는 퍼포먼스 같기도 하고 조롱을 하는 것 같기도 했다. 현우의 뜻밖의 모습 앞에 연희는 아연실색할 수밖에 없었다. 불량소년 같은 꼴에 기암을 할 것만 같다. 저런 모습을 어디다 감추고 사내에서는 능력 있는 과장, 창의적이 아이디어맨으로 인정받는지…, 팽팽한 긴장감이 두 사람 사이를 흐른다.

"뭐? 애라고 어디서 배웠어. 그런 고전적인 수법, 이제 그런 수법 너무 진부하지 않아."

현우의 말에는 위압감과 비아냥거림이 섞여 있었다. 겁을

주는 듯이 두 눈을 부릅뜬다. 예상 밖의 반응이다. 연희는 배신감과 굴욕감에 심장이 거칠게 뛰고 있었다. '이럴 수가!'를 무수히 되뇌이며 어슴푸레한 불빛 속에 부들부들 떨고 있었다. 현우가 흘끔 연희를 바라본다. 털끝만큼의 양심의 가책을 느꼈는지 갑자기 애원모드로 바꾸어 비굴해지기 시작했다.

"애 연희야, 너 알잖아. 나는 애가 셋이나 딸린 놈이라는 거, 그리고 난 애라면 끔찍이 싫어. 응, 연희야."

초조한 듯 또 담배를 입으로 가져간다. 그의 손도 가볍게 떨고 있었다. 담배를 빠는 입술도 실룩실룩 일그러진다. 연희는 순간 주머니에서 오른손을 꺼내 현우의 한쪽 뺨을 '철썩' 힘껏 내리갈겼다. 그 소리는 어둠을 뚫고 더 크게 확장되어 들렸다. 입에 물고 있던 현우의 담배가 튕겨 나가 저만치 나동그라졌다. 불어오는 바람에 담뱃불이 혼자서 빨갛게 타들어가고 있었다. 현우는 연희의 돌발적인 태도에 적잖이 당황하는 듯했다. 현우는 발갛게 변한 뺨을 쓰다듬으며 애써 연희의 시선을 피한다. 잠시 뒤, 현우가 고개를 돌려 연희를 무섭게 찔러본다. 털끝만 한 양심의 가책마저도 면죄 받은 듯 더 당당해진 태도였다. 연희를 똑바로 쳐다보며 비수 같은 힌미디를 내뱉었다.

"난 절대로 너를 다시는 찾지 않아. 너도 사실 내가 가정 있는 놈이란 걸 알고 있었고 조건 없이 나를 원했잖아! 왜 이제 와서 끈적끈적하게 굴어 너답지 않게, 연희야! 사랑, 섹스, 결혼 이런 거 별개의 개념 아냐!"

현우의 목소리는 아파트 담벼락에 부딪히고 되돌아와 밤이슬과 함께 떠다녔다. 그리고는 얼음장 같은 뒷모습을 보이고는 성큼성큼 어둠 속으로 사라졌다.

마른 낙엽 하나가 툭 떨어진다. 바람이 불어와 소리를 삼킨다. 과거의 시제로 켜켜이 쌓인 시간들과 그 너머로 잊혀진 이름들이 되살아났다. J와 P. 그리고 K. 결혼은 사랑의 무덤이야. 아니야, 결혼은 사랑을 키워갈 토양인 거야, 모두 빛바랜 언쟁이었고 메아리 없는 외침일 뿐이었다. 그들의 말은 늘 명료했고 이해가 쉬웠다. 그리고 삭정이처럼 모질었다. 조금의 여분도 남기지 않으려면 그래야만 했을 것이다. 불빛에 서 있는 연희의 두 볼을 타고 눈물이 흐른다. 아래턱은 아직도 덜덜거리고 있었다. 벤치 위로 쓰러질 듯 주저앉았.

뺨 한 대 치는 분풀이로 무책임한 죄를 상쇄해 주기엔 그녀가 받은 상처는 너무나 깊었다.

상큼하게 샤워를 마친 현우가 안방 화장대 앞에서 머리를 털고 서 있다. 현우에게서는 달짝지근한 샴푸 향이 났다. 연희의 후각에서 간질간질 피어난다. 뒤미처 두 눈을 부릅뜬 모습이 나타나 겹쳐진다. 방 한가운데 더블베드가 휑뎅그렁해보였다. 같이 밤을 보내기 시작하면서 필요해서 사들인 침대다. 늘 현우의 부재를 일깨워 줄 것이다. 치워야겠다. 욕실의 청색 슬리퍼가 가지런하다. 며칠째 사용하지 않은 듯 눌린 흔적이 복원되어 원래의 모습이다. 아기곰 캐릭터가 디자인된 한 쌍의 머그잔이 식탁 위에 놓여있다. 현우가 떠나면서 무용해진 물건들이 여기저기 눈에 띈다.

다용도실로 들어가 빨래건조대 뒤에서 빈 박스 하나를 찾아냈다. 방으로 들어가 행어에 걸린 현우의 옷가지들을 차례레 걷어서 주섬주섬 담는다. 물건들을 치우고 나면 모든 것은 제자리로 돌아갈까? 옷 무더기가 박스 위까지 솟아올라 있다. 그 위에 세면도구와 스킨과 로션, 헤어젤, 슬리퍼까지, 테이프를 여러 번 붙여 내용물의 실체는 일단 감췄다. 현관 앞에 끌어다 놓았다. 날이 밝으면 재활용품 수거함에 쑤셔 넣을 것이다.

연희는 회사를 그만 두었다. 어쩌면 필연적인 선택이었는지도 모른다. 박 과장 앞에 사직서를 내밀며 말했다.
"일신상의 이유입니다."
아쉬움과 불안이 교차하면서 손이 떨렸다.
"일신상의 이유라…."
사표를 받아든 과장은 말꼬리를 길게 늘어뜨리며 연희의 배에 시선을 꽂았다. 뒷말은 삼키는 것 같았다. 25주차에 접어들자 배는 볼록해졌다. 임신에 문외한인 남자도 바로 알아볼 수 있었을 것이다.

"차 대리 그동안 수고 많았어요. 집에서 푹 쉬어요."

연희는 얼굴이 화끈거리면서도 애써 담담하게 사무실을 걸어 나왔다. 뒤통수에 박히는 과장의 시선이 따갑게 따라왔다.

정기검진 받는 날이다. 미세하지만 꼼지락거리는 것이 느껴질 만큼 태아는 자라있는 것 같았다. 이제는 불온한 상상을 해서는 안 돼. 태동을 느끼기 시작하면서 가슴으로 고여 오는 모성애는 그렇게 속삭이고 있었다.

병원으로 가기 위해 차를 몰았다. 회사를 그만둔 뒤로 오랜만의 나들이였다. 차창으로 스쳐 가는 거리도, 사람들도 왠지 낯설었다. 연희는 자신이 겪은 모든 일들이 그렇게 자신을 변화시켜놨다고 생각했다. 일종의 유행성 독감이나 콜레라 같은 시대병 혹은 청소년기에 앓았던 성장통을 한 번 더 앓고 생의 한 가운데에서 간신히 지켜낸 생명의 가치를 깨달은 것 같은 느낌이었다. 주차장에 차를 세워놓고 건물 모퉁이를 돌아 병원 문을 밀려다 말고 연희는 그대로 멈춰서 버렸다. 피돌기가 역류하며 몸은 점점 굳어 붙박이고 있었다. 한참을 바라보았다. 보고도 믿을 수 없는 상황이었다. 자신의 눈이 의심스러워 눈을 뗄 수가 없었다.

　병원, 맞은편 뒤로는 하늘을 향해 우뚝우뚝 솟아있는 오피스 빌딩들이 밀집한 곳이었다. 두 남녀가 나란히 걸어 들어가고 있었다. 석양의 어스름 아래 여자는 퍽 관능적으로 보였다. 어디서 본 듯한 기시감, '저게 누구였지.' '아~, 그렇지.'하는 착각이 아니라 기억이었다. 머리는 여전히 틀어 올렸고 치렁치렁 발목까지 내려오는 패치워크 스커트에 알록달록 화려한 카디건을 걸쳐 입은 모습이 여지없이 카페 분위기를 자아내고 있었다. 짙은 쌍꺼풀 아래 눈 그늘이 그윽해 보였다. 그때 선녀 집에서 보았던 검은 피부의 코피노 여자. 틀림없는 그 여자였다. 그 옆 남자는 팔로 여자의 등을 감싸 안았다. 성큼하게 큰 키에 소각 같은 코도 그대로였다. 걸을 때면 유난히 두 어깨를 으쓱대는 모습까지…. 그들의 뒷모습이 건물들 사이로 사라질 때까지 무력감에 젖어 바라볼 수밖에 없었다. 이럴 수가! 분노와 배신, 루저가 된 것 같은 열패감까지…. 넋이 나간 듯 바라보고 있을 수밖에 무슨 동작도 할 수 없었다.

　간호사가 진료차드를 찾아내고 앞에 섰다.
　"차연희 씨 지난번 검사는 빠졌네요. 분만할 때까지 검사 열심히 받아야 해요 가뜩이나 고령 초산 임산부이면서…."

간호사가 투덜거렸다.

"차연희 씨 들어가세요."

잠시 뒤 간호사의 호명을 듣고 연희는 대기 의자에서 일어나 진료실로 들어갔다. 의사가 기다리고 있었다. 살굿빛 립스틱이 부드럽게 다가왔다.

"자, 여기 누워보세요. 그동안 태아가 얼마나 또 자랐나."

그리고는 초음파사진을 같이 보며 설명을 했다.

"여기가 얼굴, 그리고 팔과 다리, 심장…."

쿵쾅쿵쾅 뛰는 심장 소리도 들렸다.

"그런데 왜, 이렇게 산모의 심장이 거칠게 뛰죠? 무슨 충격이라도 받은 거예요?"

의사는 동작을 멈추고 연희를 바라보았다. 연희는 울고 있었다.

"진정하세요. 무슨 일인가는 모르겠지만 이러면 태아에도 나쁜 영향이 가요. 지금은 아무 생각 말고 오직 아이만 생각하세요. 남자 따윈 잊어버리세요. 그 이기적인 동물들"

의사는 알고 있다는 듯 상황에 맞는 충고를 해주었다. 말을 하는 동안 의사의 안색이 점점 어두워졌다. 손도 바들거리는 것 같았다.

그래, 그가 남기고 간 아이, 아이만 생각하자. 아이는 나에게는 어떤 존재일까. 선물일까, 족쇄일까. 연희의 중얼거림이 입술 밖으로 새어 나갔는지.

"아이는 남자가 준 게 아녜요. 신이 주신 거예요. 아이는 분명 선물이고 축복이에요. 아이를 양육할 용기와 능력도 신이 주실 거예요. 태아의 성별은 여아고, 아주 건강하게 잘 자라고 있어요. 분만 때까지 마음 편하게 갖고 음식 잘 챙겨 드세요."

연희는 생명에 대한 경외심과 잠시 가졌던 나쁜 생각, 배신감과 분노 후회와 열패감 등 모든 감정의 찌꺼기들이 한꺼번에 녹아들어 뜨거운 액체가 되어 한없이 흐르고 있었다. 여의사가 연민이 담긴 눈빛으로 연희를 물끄러미 바라보고 서 있었다.

내 동생 봉석이

내 동생 봉석이

"엄마! 엄마! 봉석…."

지영은 머리가 하얘져서. 전화를 하다 말고 엄마만 부르고 있었다. 다음 말이 떠오르지 않았다. 거친 숨만 전화기에 뱉어내고 있었다.

"얘는 봉석이 어쨌다는 거야? 넌 만날 봉석이 고자질이야."

"엄마 봉석이, 내 그 돈을 홀랑 투자…."

지영이 폰을 쥐고 있는 손이 바들거렸다.

"얘 쓸데없는 소리 하려거든 끊어! 지금 김 사장님 옆에 계셔, 부부 모임에 왔어.

전화기 너머에서 들려온 엄마의 차가운 음성에서는 모처럼 누리는 호사스러움을 방해받고 싶지 않다는 메시지마저 느껴졌다.

지영은 마루에 나동그라져 잠이 든 봉석을 멍하니 바라보았다. 술을 많이 마셨는지 코를 드르렁 곤다. 지금은 누구를 떠올려도 위안이 될 리가 없다. 봉석이 일어나면 자초지종 내용을 들어보는 수밖에…. 그러나 그 돈을 무사히 찾을 수 있을까,

 혼몽한 상태에서 시어머니의 추상같은 목소리만 여왕벌의 날개 짓처럼 윙윙거리며 의식을 휘저었다. '길게 갈 거 없다. 이쯤에서 정리를 하는 게 서로에게 좋을 거야, 애초부터 격에 맞지 않은 결혼이었어. 민지의 양육비, 그리고 이혼 위자료를 넉넉하게 계산해서 일시불로 통장에 넣었다. 이 돈이면 너희 모녀가 살아가는데 크게 궁핍하진 않을 거다. 돈 갈무리만 잘한다면 말이다.' '돈 갈무리만 잘한다면.….' 뼈 있는 단서가 붙은 시어머니의 말이었다.

 그것은 어느 놈한테 사기당하지만 않는다면 그렇다는 말인 듯했고. 지영의 가난한 친정집에다 한입에 쏟아붓고 나면 궁핍하게 살 수밖에 없을 거라는 당부의 말을 그렇게 에둘러 표현했다. 시어머니는 다시는 볼 일도, 말을 걸 일도, 남기지 말자며 선심 쓰듯이 챙겨주었던 돈이다. 말하자면 지영이 이혼녀라는 이름과 맞바꾼 돈이었고 민지의 장래가 걸린 돈이었다.

 지영으로서는 치사하고 굴욕스러워 떠올리기조차 싫은 기억

들이다. 밀쳐내려 머리를 흔들어대도 생각들은 둑 터진 봇물처럼 밀려들었다.

'드르륵드르륵. 적막 속에서 전화기가 울렸다. 엄마일까, 전화기를 집어 드는 순간 뜻밖에 배서희 씨였다. 지영은 받을까 거절단추를 누를까, 한참을 망설였다. 진동은 그악스럽게 그치지 않았다.

"응, 서희 씨.

지영은 전화를 받았다.

"차, 차 차지영 씨! 나 또 당한 것 같아, 글쎄 그놈이 가게 보증금하고 권리금 낼 돈을 가지고 튀었어! 경찰에 신고를 하긴 해 놨는데 그놈을 잡는다 해도, 돈을 다 써 버렸다면 돈은 또 물 건너갔지, 그놈을 빵간에 잡아 가두기만 하면 뭘 해!"

성미가 급하고 덤벙거리는 서희 씨는 몹시 흥분한 목소리로 말을 단숨에 쏟아냈다. 지난번 창업교육 수료식 때, 자기와 함께 동업하자는 남자가 있다며 기대에 차 있던 서희 씨가 울면서 하소연했다.

지영은 깜짝 놀라 이게 꿈인가 생시인가, 정신을 가다듬어도 가슴에서 파동이 멈추지 않아 더 듣고 있기가 힘들었다.

"서희 씨 침착해. 나 지금 급한 일이 있어서…."

지영은 태연한 척했지만, 가슴이 진정되지 않아 가만히 전화기를 껐다. 서희 씨의 통곡 소리가 저만치 멀어져갔다.

지영은 엄마의 태도가 더 기가 막혔다. 철부지 봉석을 일방적으로 자신에게 떠넘기고 이제 와서 봉석의 얘기라면 들으려고도 않는 엄마, 처음 재혼을 하겠다고 말했을 때 그 이유의 상당부분은 봉석을 위해서라고 말했던 엄마였다.

"지영아, 있지. 네 아버지가 그렇게 되었을 때, 봉석이 겨우 세 살이었어, 아빠의 사랑은커녕 기억도 없을 거야, 이제부터라도 봉석에게 좋은 아빠를 만들어 주고 싶어, 마침 김 사장님께서도 봉석을 친 아들처럼 여기겠다고 말씀하셨다."

엄마는 김 사장이 봉석에게 결핍을 채워 줄 사람이라고 치켜세웠다. 그때 봉석은 사춘기를 채 벗어나지 못하고 아버지의 부재가 주는 무력함, 거기에 어머니의 과잉보호, 그래서인지 봉석은 퍽 의존감이 많고 자기 주도적이지 못하고 응석받이였다.

봉석도 그때는 엄마의 재혼을 무척 반겼다. 김 사장은 봉석을 불러내어 용돈도 넉넉하게 쥐어주고 고급 음식점으로 데려가 맛난 음식을 시켜주곤 했다. 사업 매너가 체화된 중년의 신사는 아버지 부재의 철부지 소년에게 호감을 사려 애를 썼다. 봉석의 눈에도 아마 우상으로 보였을 것이다. 그리고 얼마 후 엄마는 김 사장네 집으로 들어가면서 봉석도 애완강아지처럼 데리고 갔다.

그랬던 봉석이 짐을 싸 들고 다시 지영에게로 돌아오는 데 그리 오래 걸리지 않았다. 석 달도 채 지나지 않았을 때였다.

"누나, 나 누나랑 같이 살 거야."

봉석이 소외감과 외로움에 몸을 떨며 말했을 때 지영은 뜨악했다.

"봉석아 왜?"

"숨이 막힐 것 같아, 그 자식이 거실에 있을 땐, 난 방안에서만 갇혀 있어야 돼. 유리인간처럼 말이야. 주말에는 숫제 엄마와 그 자식 거의 집에 없어, 골프장 식사 모임, 완전 또라이들이야 난 엄마가 그렇게 속물 덩어리인 거 이제 알았어."

봉석은 심 사장을 거침없이 그 자식이라고 지칭하고 엄마까지 싸잡아 또라이들이라고 했다. 칠팔십 평대 아파트에서 봉석이 은신할 수 있는 공간은 고작 두 평 남짓한 독방에서 은둔자처럼 지냈다고 했다. 지영은 봉석의 얘기를 듣고 부아가 치밀었다.

봉석이 자신의 소지품들을 소형 용달차에 싣고 왔다. 봉석의 세간이래야 고작 오래된 컴퓨터와 책 몇 권 그리고 츄리닝 등 옷가지 몇 개 성직자의 살림만큼이나 단출했다.

봉석이 지영에게로 오고 엄마에게서 전화가 걸려 온 건 한참 지나서였다.

'지영아, 봉석이 집에 갔지? 아무래도 네가 봉석을 데리고 있어야겠다. 봉석이 저렇게 겉돌고 김 사장님을 아버지라고 부르기는커녕 데면데면하고 심지어 적의를 품은 눈빛을 보이니 내가 민망해 몸 둘 바를 모르겠어, 김 사장님 딴에는 한다고 하시는데…, 흐흐훗.' 엄마는 거기서 말을 자르고 웃음으로 대신했다. 생략된 부분에는 '나는 이렇게 행복한데 봉석은 뭐가 불만인지'가 잘린 것 같았다. 엄마는 그동안 누리지 못했던 물질의 풍요를 실컷 누리는 것에서 오는 자기만족에 찬 목소리, 신분도 상류사회로 편입돼 그 일상에 취해서 이제 본가에 두고 온 자식 같은 건 안중에도 없을 것 같았다. 별세계로 떠나버린 엄마는 아득히 멀게만 느껴졌다. 엄마의 저런 태도라면 봉석이 짙은 소외감을 느끼기에 충분했을 것 같았다.

지영은 엄마마저 돌아서 버린 마당에 모든 건 스스로 감수하는 수밖에 없었다. 긴 날숨을 뱉으며 젖은 눈가를 훔쳤다.
"엄마 삼촌 때문에 그러지?"
지켜보고만 있던 민지가 곁에 다가들면서 묻는다.
"아니야, 그냥 엄마 속이 좀 상해서 그래.
지영은 정색을 하며 민지에게 말했다.
"나도 다 알아, 삼촌이 엄마 돈 훔쳐 갔지? 아까 삼촌 친구가 그랬잖아 누나 돈이라던데요. 하고, 엄마 그럼 우린 이제 어떻게 살아? 돈이 없잖아, 할머니가 준 돈."

뜻밖에 민지는 말귀를 다 알아듣고 모든 상황을 정확히 알고 있는 것 같았다.

지영은 커피숍을 내고 싶었다. 어떻게든 민지가 학교에 들어갈 때까지 홀로서기를 해야 했다. 그럴 계획으로 창업교육을 받고 있었다. 창업을 준비하는 수강생들 대부분은 이혼을 했거나 남편의 사업 실패, 혹은 태훈이네 엄마처럼 교도소에 들어가 있는 남편을 대신해 가정을 책임진 여자들, 사연은 달라도 처한 상황은 모두 절박한 사람들이었다. 말하자면 절반의 실패를 경험한 여자들이 인생 2막을 준비하러 모여들었다. 그래서인지 강의실 분위기는 늘 진지했고 눈빛들은 빛났다. 모두들 부서진 꿈 조각들을 꿰어 붙여 재기를 다짐하고 있는 듯했다.

봉석은 고교 졸업 후 대학 진학도 실패했다. 진학상담을 하러 지영이 담임을 만나러 갔을 때 '이 점수로는 들어갈 대학이 없습니다. 어머니는 재혼을 하셔서 집에 없고 이혼한 누나와 함께 살고 있다고 하더라고요.' 담임은 옆으로 길게 째진 눈으로 흘겨보며 말했었다. 봉석의 성적이 그렇게 안 좋은 줄 지영은 처음 알았다. 그렇다고 취업이나 아르바이트할 의지도 없는 것 같았다. 봉석은 오로지 방안에 갇혀 컴퓨터 게임으로 하루하루를 소비했다. 그렇게 지내다보니 세상과는 점점 괴리되어갔다. 방안에만 틀어박혀 있다 보니 의식은 정체되어갔고, 가끔 화장실 갈 때, 그리고 밥 먹을 때, 도둑고양이처럼 살금살금 눈치를 살피며 민지 군것질거리를 훔치러 나올 때만 잠시 얼굴을 비칠 뿐이었다. 김 사장과 엄마와 함께 지낼 때 생긴 생활 습관이었던 것 같았다.

봉석이 오늘은 웬일로 이른 아침부터 외출 준비에 신이 났다.
"봉석아 어디 가니?"
지영은 봉석을 보며 물었다. 모처럼 외출을 하려는 봉석을 보니 내심 반갑기도 했다.
"응, 나 있지, 선배가 만나자네. 취업 정보를 주겠대."
거울 앞에 선 봉석은 달떠 있었다. 그 지긋지긋한 추리닝을 벗어 던지고 청바지에다 점퍼로 바꿔 입고 있었다.
"그래, 야, 그 선배 누군지 모르지만 참 고맙다."
지영도 맞장구를 쳐주었다. 봉석을 방안에서 끌어내 주는 것만으로도 고무적인 사건이었다.

봉석이 짐 싸 들고 지영에게로 돌아온 후로 엄마는 몇 번 전화를 하긴 했다.

'봉석이 요즘 어떻게 지내든? 지영아 네가 좀 잘 보살펴 줘, 애가 아빠 없이 자라서인지 남자에게 쉽게 다가들지를 못하는 것 같아,' 엄마는 봉석이 김 사장네 집에 붙어있지 못하고 지영에게로 간 것을 두고 봉석이 문제라고 은근히 말하고 싶은 것 같았다. 그 후 엄마의 전화는 차츰 뜸해지더니 아예 요즈음은 지영이 먼저 전화를 해도 내심 귀찮아 여기는 것 같았다.

"누나, 나 내일부터 바로 출근하게 됐다."

민지를 픽업해서 데리고 오는데 저쪽 버스 정류장에서 봉석이 걸어오면서 지영을 보자 싱글거렸다.

"내일부터 당장, 무슨 회산데?"

지영은 너무 쉽게 직장을 구하는 게 미심쩍긴 했지만 그래도 밖으로 나가 활동을 하게 된 것만도 어디냐는 마음이 들었다.

"야, 삼촌 취직해서 내일부터 회사 간다고, 신난다."

옆에서 민지가 손뼉을 지며 좋아했다.

엄마에게도 이 사실을 알려야 할까? '엄마 봉석이 취직했어.'라고 하면 엄마가 무척 기뻐할까 생각하다 그만두기로 했다. 전화할 때마다 "얘 난 이제 이곳 일상에 집중해야지 시시콜

그쪽 일에 신경 쓸 겨를이 없다."고 했다. 몹시 귀찮아 여기는 게 역력히 느끼고 있던 터라.

엄마의 달라진 태도가 지영은 몹시 생경스럽고 매몰차게 느껴지지만 어쩔 도리가 없어 그대로 지켜볼 뿐이다. 뒤늦게 얻은 봉석을 끌어안고 '아유 내 새끼'하면서 엉덩이를 토닥거렸던 엄마가 이제는 봉석이가 일으키는 문제들이나 심지어 지금처럼 기쁜 일에도 짜증 섞인 목소리로 '그런 시시콜콜한 얘기까지 내가 다 알아야 하니? 난 이제 그곳 일에 신경 쓸 겨를이 없다. 막말로 재혼한 부인이 전 남편 자식들 때문에 마음 빼앗기는 것을 어느 남자가 좋아하겠니, 너도 생각해봐 엄마의 말 마디마디에서 새 남편에 대한 배려만 묻어났다.

"엄마, 이건 아니지. 재혼하면 김 사장님이 봉석이는 데리고 살면서 친아들처럼 돌보아주겠다고 말하지 않았어. 그래 놓고선 석 달도 안가 봉석이 내쫓고."

"애 봐 쫓기는 누가 쫓았다고 해! 제가 그냥 짐 싸들고 나갔지!"

그럴 때 엄마는 목소리 톤을 높였다.

"봉석이 나갈 수밖에 없이 했겠지."

지영은 엄마와 대적하며 따지고 있었다. 엄마와의 대화가 차츰 거래, 협상, 책임추궁 식으로 흘러가고 있어 씁쓸했지만 어쩔 수 없었다.

"아이 몰라! 시끄러워! 이게 어디서 따지기는 따져 끊어!"

그 후로 엄마의 전화는 끊어졌고 지영이 전화를 하려다가도 엄마의 역정 부리는 소리가 귀청에서 되살아나며 지영의 행동을 가로막았다.

재혼한 엄마에게 본가에 두고 온 자식들은 어쩌면 걸림돌 같은 존재일지도 모른다는 생각이 엄마와의 거리를 한없이 멀어지게 하고 있었다.

이럴 때 누군가와 상의할 대상이라도 있었으면 싶었다. 봉석이 말로는 취직한 회사가 투자금융이라고 했다. '흥청투자금융' 투자자를 끌어모아 자본금을 만들고 그 돈을 고리로 굴려서 투자자에게 돌려주는 일종의 금융시스템이라며 봉석은 싱글벙글했다. 투자자금을 많이 끌어올수록 수당이 많아진다며 자신감에 차 있기도 했다.

민지를 어린이집 통학 차량에 태워 보내고 지영은 서두른다. 창업교실에 가기 위해서다. 그곳에 가면 창업에 대한 정보도 나누고 비슷한 처지의 사람들을 만날 수 있어 좋다. 태훈이 엄마, 그리고 배 서희 씨 등, 그런데 서희 씨가 요즘 사랑에 빠진 것 같았다. 상대 남자가 이혼남이라고 했다. 서희 씨는 미혼이지만 사랑에 한 번 크게 상처받은 트라우마가 있었다.

대학시절 무모했거나 자의식이 없었던 이십 대의 풋내 나는 사랑에 시련을 된통 당했다고 했다. 열병처럼 앓고 지나간 사랑 때문에 퍽 오랜 시간 헤어나기 어려웠다며 이제 다시는 남자 같은 데 감정을 빼앗기지 않고 살아가리라 마음먹었다고 말해왔었는데, 요즘 그 철옹성 같은 의지를 흩뜨려 놓은 상대가 나타난 것 같았다.

상대 남자는 커피숍이든 편의점이든 같이하자고 적극 구애를 하는 모양이었다. 그도 그 남자에게 또 감정적으로는 끌리지만, 이성적으로 판단하면 망설여지기도 한다고 했다.

진심을 알 수 없어서 답답하다고 했고 그러면서도 생각과 달리 자신이 남자의 설득에 조금씩 마음의 빗장이 풀리는 것 같아 두렵기도 하다며 갈팡질팡 시끄러운 속내를 풀어놓았다.

그럴 때 서희 씨의 얼굴은 노을빛으로 변해있었다. 수강을 마치고 뒤풀이 티타임 때면 서희 씨가 거의 시간을 독식하다시피 했다. 지영은 서희 씨의 얘기를 듣고 있으면 가슴이 답답했다. 요즘 세상에 동업하자며 달려드는 남자, 아예 거절하라고 적극 말리고 싶었으나 서희 씨 자신도 쉽게 빠져들지 않겠지 하면서 신중하게 생각해 보라고만 언질을 줄 수밖에 없었다.

커피를 마시며 수다를 떨다 모두들 바쁘다며 자리에서 일어섰다. 늘 파할 시간을 재촉하는 사람은 태훈이 엄마였다. 자기 말로는 오후에는 파트타임 알바를 간다고 했다. 무슨 알바인지는 말하지 않았다. 누구도 묻지도 않았고….

지영은 피곤했다. 지영이 외출에서 돌아오면 집은 언제나 적막강산이다. 가끔은 지영은 자신이 집을 지키는 집지킴인가 회의감이 들기도 했다. 낡은 주택가 단독주택들은 세를 놓으려 해도 아무도 들어오지 않는다. 방 세 칸짜리 집을 지영과 민지, 봉석이, 셋이서 살고 있는 셈이다. 안전이 문제였다. 그나마 철대문에다 디지털도어록을 설치한 후로 지영이 외출할 때도 조금 안심이 되기는 했다.

'쾅! 쾅! 쾅!'
대문 두드리는 소리가 요란스럽다. 지영은 잠시 누워있다 깜짝 놀라 몸을 움찔 떨었다. 누구일까? 오래된 주택의 철대문은 조그만 타격에도 심하게 흔들렸고 과장되게 소리를 냈다.
"누구세요?"
지영은 벌어진 대문 틈새로 택배기사 조끼 자락이 어른거리는 것을 보면서도 확인을 했다.

"서봉석 씨 택뱁니다."

택배기사도 큰 소리로 대답했다. 지영은 누가 선물을 보냈을까, 딱히 짚이는 데가 없었다. 힘겹게 개폐기를 눌렀다. 녹이 슬어 힘을 주어 누르지 않으면 열리지 않기 때문이었다.

엄마와 아버지가 결혼해서 처음 장만한 집을 한 번도 바꿔 보지 못하고 그대로 살다가 아빠는 세상을 떠났고, 엄마는 지금은 김 사장네 평수 큰 아파트에서 살고 있다. 우연찮게 이 집은 지영이가 맡아서 관리가 목적인지 거주가 목적인지, 살고 있다. 지영은 이 집에서 자신이 살고 있다는 느낌보다 집을 관리한다는 생각이 더 강했다. 그도 그럴 것이 팔려고 내놓아도 살려는 사람이 없고, 사람이 살지 않으면 당장이라도 길고양이나 유기견, 혹은 비행 청소년의 은신처가 되기 안성맞춤이었다.

대문이 열리자 택배기사는 커다란 박스 두 개를 조심스럽게 대문 안으로 밀어 넣었다. 다루는 품새로 보아 귀중품인 듯했다.

"안녕히 계세요."

박스를 대문 안으로 밀어 넣고는 택배기사는 습관화된 인사말을 남기고 차에 올라 시동을 걸었다. 차는 언덕길을 내려가기 시작했다. 포장박스를 보니 컴퓨터였다. 봉석이 새로 구입한 것 같았다. 컴퓨터가 있는데 왜 또 샀을까, 지영은 박스를 마루까지 끌어 올리느라 온몸에 힘이 다 빠지는 것 같았다. 거친 숨을 날숨으로 날리며 봉석에게 전화를 걸었다.

"어, 누나. 왜~ 에?"

봉석이 바로 받았다.

"너 컴퓨터 샀니?, 컴퓨터 있잖아?"

지영이 스멀스멀 올라오는 화를 참으며 물었다.

"어 벌써 왔어, 와! 빨리 왔구나."

봉석은 지영이 묻는 말에는 대답도 없이 그저 빨리 온 게 반가운 모양이었다.

"컴퓨터 있는데 왜 샀냐고?"

지영이 재차 다그쳤다.

"어, 누나 컴퓨터 바꿀 때 됐단 말이야. 나 취직하면 제일 먼저 컴퓨터부터 바꾸고 싶었단 말이야."

지영은 취직하면 제일 먼저 사고 싶은 게 컴퓨터였다는 봉석의 말이 조금 아프기도, 서글프게도 들렸다.

"그래, 잘했어."

'제가 월급 타면 갚아 나가겠지.'라

생각하며 전화를 끊었다.

지영은 서둘러 창업을 준비하는 교실로 향했다. 3개월간의 교육기간도 어느덧 마무리 단계로 접어들고 있었다. 이제 다음 주 수요일이면 수료식이다. 이곳은 공인 직업교육원이다. 수료증을 발급해준다. 이수자들은 수료증을 받아들고 각자 흩어질 것이다.

자신이 직접 창업을 해서 점주가 되거나 그러려면 자금이 있어야 하고 주로 자금력이 없는 궁핍한 여자들은 관심 가는 직종의 매장에서 아르바이트를 하는 게 대부분이라고 했다.

지금까지는 실습 위주의 교육이었다. 이번 주부터는 경영일반에 관한 이론 수업이 예정되어 있었다. 지영이 강의실 앞에 도착했을 때 수업이 이미 진행되고 있었다.

K대학교 경영학 교수이신 박 교수를 초빙해 초보자들도 실패하지 않는 경영비법에 관한 특강이었다.

대부분이 한 번의 실패 혹은 그 이상의 낭패를 겪고 실패에 대한 두려움이 체화된 사람들이라 이번만은 그럴 수 없다는 결의로 교실 분위기는 사뭇 결의에 차 있었다. 뒷문으로 살금살금 들어가 자리에 앉았다. 가방에서 자료집을 꺼내 책상에 올려놓으려는데, '드르륵드르륵' 지영의 재킷 주머니 속에서 폰이 진동을 울렸다. 지영은 움찔 놀라 열어 보니 봉석이었다.

"으응~. 무슨 일이야?"

지영은 최대한 목소리를 낮춰 물었다.

"누나, 나 오늘 퇴근이 늦을 거야, 우리 팀원들 회식이 있어."

봉석의 목소리는 응석인지 자랑스러움인지 또 붕 떠 있었다.

"그래 알았어, 그 말 하려고 전화 한 거야?"

"이번 달에, 우리 팀이 영업실적 우수팀으로 뽑혔대. 회사 내에서 우리 팀이 성과를 제일 많이 올렸대 그래서 팀장님이 거하게 한턱 쏜 대."

처음 시작한 직장생활에서 좋은 성과를 내고 그에 따르는 상사의 환대는 봉석을 한없이 들뜨게 하고 있었다. 지영은 긴가민가하면서도 한편 봉석이 대견스러웠다.

"응 그래 알았어. 잘 먹고 놀다 와. 술 많이 먹지 말고 알았지, 끊는다."

지영은 교수의 강의 내용을 놓치고 있는 게 아까웠다.

"어, 누나 엄마에게도 얘기했어? 나 취직됐다고."

봉석은 말꼬리를 놓지 않으려 했다.

"아니 못 했어, 나중에 할게, 끊자."

지영은 봉석의 말을 자르고 폰을 껐다.

박 교수의 강의는 절반이나 지나가 버렸다. 체인 형태로 가게를 내면 초기의 위험부담은 적을지 모르지만, 본사에 예속될 수밖에 없고 더 나아가 본사의 횡포를 막을 장치가 없다고 했다. 독자적으로 매장을 내면 사업이 정착될 때까지 고전을 하더라도 견뎌내야 하는데 그것은 다름 아닌 자금력에 달렸다는 내용이었다. 지영은 가슴이 콩닥콩닥 뛰었다. 창업하자니 자금력이 문제였다. 이혼 위자료로 받아 나온 저 돈을 투자한다는 것은 너무 리스크가 컸다. 저 돈마저 날려버린다면, 생각만으로도 오금이 저려 왔다. 다른 매장에서 알바를 한다고 해도 마땅히 자리를 구할지, 또 시간적으로 너무 매달릴 것 같고, 아직은 민지가 어려서 등원과 하원을 시켜주어야 한다. 그나마 봉석이라도 취직해서 아침에 출근하니 조금 한갓지기는 한 것 같다.

지영은 온갖 상상을 하며 강의실을 나오는데 배서희 씨가 다가서며 물었다.

"차지영 씨는 창업 쪽?"

서희 씨가 가벼운 비음을 섞어서 경쾌하게 물었다. 자신은 창업 쪽이라는 것을 은근히 드러내는 말투였다. 서희 씨의 목소리가 유난히 자신감에 차 있었다. 서희 씨도 상당한 자금을 가지고 있는 걸로 지영은 알고 있었다. 그리고 지영도 이혼 위자료로 받은 돈을 은행에 넣어 두고 있는 것을 안 사이라 연대감에서 나오는 말이라는 것을 지영은 느낌으로 알아차렸다.

"아직 방향을 못 정했어요."

지영의 목소리는 떨렸다. 장사라면 넌더리가 난다던 엄마의 푸념을 자장가처럼 듣고 자랐으면서도 자신도 또 장사에 뛰어

들 수밖에 없으니, 지영은 서희 씨의 기대에 찬 음성이 조금 무모하게 들리기도 했다.

"그렇다고 우리가 이 나이에 남의 가게에 가서 아르바이트 할 수는 없잖아요."

서희 씨는 편의점을 인수할 계획이라고 했다. 목이 좋은 곳은 이미 가게들이 들어차 신규점 오픈은 어렵고 기존 있던 매장 중에서 매물로 나온 매장을 인수할 거라며 기대에 차 있었다. 서희 씨는 얼마 전 만난 남자와 함께 동업을 할 계획을 거의 굳힌 것 같았다. 처음엔 그 사람의 진심을 모르겠다고 머리를 쥐어뜯던 서희 씨의 태도가 지금은 그 남자에 대해 퍽 신뢰하는 쪽으로 기울어져 있었다.

"우리 차 한잔 하고 가요."

서희 씨가 말했다.

"그래요, 태훈 엄마 아직 안 나왔어요? 함께 커피 마시자고 전화할까요?"

지영은 늘 함께했던 태훈 엄마를 찾았다.

"아 그 언니요. 벌써 나와 집에 갔을 텐데요,"

서희 씨는 태훈 엄마를 언니라고 부르면서도 소금 냉소적이었다. 그리고는 앞서서 커피숍 쪽으로 걸어갔다.

커피숍 앞에서 뒤를 돌아 지영을 한 번 흘끔 보고는 안으로 들어갔다. 지영도 따라 들어갔다. 익숙한 커피 향이 훅 열기와 함께 콧속으로 날아들었다. 홀 안에는 회갈색 머리의 노신사들이 여유롭게 앉아 얘기들을 하고 있었다.

"차지영 씨는 나이에 비해 너무 순진하신 거예요? 맹한 거예요?"

서희 씨가 자리를 잡고 앉자마자 작정한 듯 말을 쏘았다. 뜻밖의 민낯 같은 서희 씨의 거친 물음에 지영은 조금 당황스러웠다. 그런 말은 들어본 적도 없고 예상도 못 했기에 대답도 준비되어있지 않았다.

"태훈 아빠가 교도소에서 출감했대요. 아마 한 달포쯤 됐을걸요. 남편과 함께 가게 자리 보러 다니느라 바쁘대요."

말을 마치고 서희 씨는 차가운 눈빛으로 지영을 쳐다보고 있었다. 지영은 가슴이 서늘했다. 그래서 늘 주근깨가 끼고 삶의 피로감이 묻어나던 태훈 엄마 얼굴이 요즘 뭔지 모르게 밝고 활력이 느껴졌구나….

"다행이네요. 그런데 태훈 아빠가 무슨 죄로 복역했대요?"

지영이 물었다.

"사기죠 뭐, 남의 돈 꿍쳐 먹은 사기."

서희 씨는 뜻밖에 입을 실룩거리기까지 했다.

"그나저나 다음 주면 이 교육도 끝나는데, 서로 연락하고 좋은 정보 있음 공유해요. 지영 씨 뭐 마실래요?"

"전 과일 스무디요."

서희 씨는 주문하러 카운터로 갔다. 그녀는 유난히 당당해 보였다.

'드르륵드르륵' 지영이 자리에 앉자마자 옆 주머니 속에서 진동이 왔다. 꺼내 보니 화면에 '내 동생 봉석이' 떴다.
"응 봉석아, 왜에!"
지영은 조금 짜증을 냈다.
"어, 누나는 내가 전화하는 게 반갑지 않은가 봐? 에잇 기분 나쁘게 씨리."
봉석은 어린아이처럼 투정을 부렸다. 어쩌면 봉석은 영원히 자라지 않는 아이, 피터팬에 머물러있을 것만 같았다.
"아니야 얘기해 봐."
지영은 가급적 목소리를 낮추고 용건만 간단히 끝냈으면 했다.
"누나 있지. 우리 팀들, 지금 회식 장소인 회관으로 가고 있어 그런데 팀장님이 아까 나보고 그랬어, 이번 우리 팀이 우수 팀으로 선발되는 데 내 공이 컸다고, 으흐홋."
봉석은 금새 기분이 좋아져서 부푼 풍선저럼 붕붕 떠오른다.
"응. 그래, 알았어."
지영은 전화를 끊고 나서 왠지 모르게 불안감이 스멀스멀 피어오르고 있었다. 봉석이 어디서 그렇게 많은 투자금을 끌어들였을까?

서희 씨가 자리로 돌아와 앉으면서 말했다.

"차지영 씨도 편의점 쪽으로 생각해 봐요. 목 좋은 곳으로 내가 알아봐 줄 수도 있어요."

서희 씨는 노란 망고 스무디 컵을 지영 앞에 놓아주고 자신은 시커먼 블랙커피 팩에 빨대를 꽂으면서 말했다. 지영은 서희 씨의 말이 한마디도 들리지 않았다. 머릿속은 이미 불안감으로 꽉 차 있었다.

지영은 버스에서 내려 민지의 어린이집 통학차량이 멈추는 지점으로 부리나케 달려갔다. 시간이 간당간당했다.

버스에서 내려 어린이집 차가 멈추는 곳이 오늘따라 유난히 멀게 느껴진다. 입에서는 하얀 입김이 뿜어져 나온다. 점점 숨이 헉헉거려진다. 폰을 꺼내 시각을 확인했다. 촌각이여삼추라는 말이 실감났다. 발목이 시큰거려왔다. 도로의 경계석에 그대로 풀썩 주저앉았다. 거리는 주황색으로 젖어 들고 있었다. 몸은 물먹은 솜처럼 무겁다. 노란 어린이집 차량이 모습을 드러냈다. '아이, 민지 엄마 죄송해요. 오늘 좀 늦었네요.' 통학차에서 민지 선생님이 먼저 내리면서 말했다. 지영은 늦은 게 이렇게 고마울 수가. 차가 늦지 않았으면 지영이 늦을 뻔했다.

 민지의 손을 잡고 길모퉁이를 몇 구비 돌고 돌아 막 대문 앞에 이르렀을 때 전화기가 진동으로 떨었다. 꺼내 보니 또 '내 동생 봉석이' 떠 있다. 지영은 부아가 치밀어 그대로 전화기를 주머니에 넣어버렸다. 전화기는 주머니 속에서 그악스럽게 드르륵 거렸다.
 "엄마, 전화 소리 나잖아."
 민지가 알아차리고 말했다.
 "응, 그렇네, 민지야."
 지영은 민지를 잡았던 손을 놓고 주머니 속으로 집어넣어 전화기를 꺼냈다.
 "왜~, 빨리 오지 않고 자꾸 전화야?"
 지영의 목소리는 사뭇 신경질적으로 나왔다. 민지가 이상하다는 듯 멀뚱히 지영을 올려다보고 서 있었다.
 "아, 예 봉석이 선뱁니다. 봉석 씨가 너무 취해서요. 봉석 씨 전화기예요. 지금 택시를 타고 같이 가려고 하는데 어디로 가면 되겠습니까?"
 지영은 가슴이 덜컥 내려앉았다.
 "봉석이 많이 취했다고요! 큰길에서 이어진 모퉁이 길로 들어와…"

지영은 집 위치를 알려 주는데 워낙 골목길이 구불거려 설명이 쉽지 않았다.

"네에, 알겠습니다. 찾아가 보겠습니다."

전화기 너머의 사람이 오히려 급히 전화를 끊었다. 그렇게 은둔하다시피 하던 봉석이 취직이 되었다고 한동안 부지런을 떨었던 게 생각났다.

'푸~, 푸우.'

새벽녘 욕실에서 봉석이 세수하는 소리에 지영은 잠이 깨었다.

"봉석이니?"

봉석이인 줄 짐작하면서도 지영은 일부러 불러 보았다. 봉석의 목소리가 듣고 싶었다.

"어, 누나. 나야"

봉석의 목소리는 분명 생기에 넘쳤고 자신감에 차 있었다. 지영은 자리에서 일어나며 다시 물었다.

"봉석아, 아침 먹어야지?"

모처럼 봉석이 일으키는 활기에 지영도 힘이 났다.

"아니야 회사에서 먹을 거야."

봉석의 말투는 으스대는 것처럼 느껴졌다.

"회사에서 아침밥도 주니?"

"어 아침밥도 주고 어제는 팀장이 활동비라면서 십만 원을 주셨어. 오늘은 신입사원 환영식 겸 우수사원 표창이 있을 거야 그래 좀 늦을지도 몰라."
　봉석은 헬륨으로 속을 채운 풍선처럼 들떠 있었다.
　"잘 갔다 와. 봉석아."
　대문을 열고 나가는 봉석의 뒤통수를 바라보았다. 지영은 왠지 미덥지 않다. 영원히 철들지 않을 것 같은 봉석이다.

　지영은 민지 손을 잡고 대문을 밀고 들어섰다. 검은 어둠은 집안에도 한가득 채워져 있었다. 집안에 내려앉은 어둠과 정적이 불안하게 다가온다.
　'민지야 우리 집 다 왔다. 들어가자' 지영은 불안을 떨쳐버리려 민지에게 하지 않아도 될 말을 한다. 여섯 살짜리 민지에게는 너무나 어울리지 않은 집이다. 지영은 붉은 녹이 버짐처럼 피어 있는 대문으로 민지를 데리고 들어설 때면 민지에게 늘 미안했다. 자신은 어린 시절부터 살아온 집이라 그렇다 치더라도 민지에게는 여느 부모들처럼 새 아파트까지는 아니라도 산뜻한 새 빌라라도 사서 깨끗한 주거환경을 제공해 주고 싶었기 때문이었다.
　지영이 민지와 막 현관에 들어서자, '삐, 삐, 삐, 삑.' 지영이네 집 낡은 초인종이 시끄러운 소리를 냈다. 아직 불도 켜지 않았는데, 어둠 속에서 들리는 초인종 소리가 괴기스럽다. 가

숨이 두근거리기 시작했다.

"누구세요?"

"서봉석 씨 데리고 왔습니다!"

그 남자의 목소리에는 늦은 밤에 인사불성이 된 봉석을 여기까지 데려온 걸 생색이라도 내고 싶은지 봉석을 데리고 왔다고 승전 장군처럼 목청을 높였다.

"아, 네에."

지영은 그대로 마당을 달려 나가 대문을 열었다.

대문 앞에는 봉석이 한쪽 팔짱을 끼인 채 몸을 흐느적거리고 있었고 그 옆에 남자는 힘겹게 봉석의 팔을 붙들고 서 있었다.

"오늘 봉석이가 술을 많이 마셨을 겁니다."

남자는 어둠 속에서 봉석을 대문 안으로 밀어 넣으며 말했다.

"봉석이 술도 못 마시는데."

"아, 그거는요. 봉석이가 이번에 큰 투자금을 유치했거든요. 5억이라는 큰돈을 끌어들였습니다. 우리 팀이 성과 우수 팀으로 선정되는데, 결정적 역할을 했거든요. 그래서 모두들 축하한다고 한 잔씩 권했습니다. 저희 팀장님이 특별히 봉석 씨를 댁까지 모셔다드리라고 배려해 주시기도 했고요."

남자는 얼굴을 어둠에 묻고 목소리만 조곤조곤했다. 술을 마시지 않은 차분한 음성이었다.

"네에! 봉석이가 그 큰돈을 어디서요!"

"누나 돈이라고 하던데요. 누나가 이혼 위자료로 받은 돈인데 투자해서 불려야 된다고…."

순간 지영은 머리가 하얘졌다. 남자는 지영을 흘끔 흘겨보고는 봉석을 잡았던 손을 떼어내고 한 발짝 물러서더니 뒤돌아서서 어둠 속으로 걸어 나갔다.

지영은 다리가 풀려 휘청휘청 봉석을 끌다시피 현관을 들어섰다. 봉석을 마루에 올려놓고 방안으로 뛰어 들어가 서랍장을 열고 맨 밑바닥에 숨겨둔 통장을 찾았다.

통장이 찾아지지 않았다. 지영은 맨붕 상태가 되었다. 머릿속에서 모든 생각들이 날아가 버린 것 같았다. 서랍을 통째로 빼내어 방바닥에 쏟았다. 그리고 하나씩 옷가지들을 들춰가며 털어냈다. 손이 바들바들 떨리고 있었다. 통장은 보이지 않았다. 민지의 미래도 마지막 희망이었던 창업도 다 달아나 버리고 그 자리에 절망감이 엄습해왔다. 비번을 끼워 넣어놨던 게 돌이킬 수 없는 실수였다. 지영은 망연자실 앉아 있다가 엄마에게 전화를 걸었다. 신호가 한참을 울린 뒤에 엄마가 받았다.

"엄마! 엄마! 봉석이…."

"봉석이 또 어쨌다는 거야? 너는 맨날 봉석이 고자질하려고 전화하니, 끊어!"
 엄마의 전화는 끊어졌다.
 망연자실 지영은 어둠 속에 앉아있었다. 거실 문 앞에서 봉석이 나동그라져 잠이 들었다. 날숨을 뱉을 때마다 술 냄새가 섞여 나온다. 감각도 없이 눈물이 흘렀는지 민지가 다가와 지영의 눈물을 닦아준다.
 "엄마 울지 마."

태양을 쏴라

태양을 쏴라

- 프롤로그

　뉴질랜드의 북섬에서 북동쪽으로 수백 마일 떨어진 곳, 출렁이는 파고 위로 조각배처럼 흔들리듯 떠 있는 섬 하나, 거친 너울 파도가 섬을 에워싸고, 지구상에서 무자비한 파괴자로 알려진 인간들의 범접을 두려워하듯 엎드려 있다.
　이 섬이 처음 발견되었을 때, 사람들은 불시에 나타날지도 모르는 원주민의 습격을 무척이나 두려워했었다. 그러나 섬 어디에도 사람의 흔적은 찾아 볼 수 없었다. 간혹 파충류들의 알이 발견될 뿐, 원시의 섬에서 지배자로 군림했을 법한 영장류 한 마리 나타나지 않았다. 훼손되지 않은 천연의 모습 그대로였다. 그 후 사람들은 이 섬을, 바다의 신, 포세이돈이 숨겨놓은 신들의 섬이라고 불렀다. 해안선을 따라 높게 솟은 주

상절리가 끝 간 데 없이 늘어서 있고 갖가지 형상의 바위들만, 마치 신을 닮은 조형물처럼 서 있을 뿐이었다.

그중에서 유난히 깎아지른 듯한, 절벽 위에 우뚝 솟은 범상치 않아 보이는 석상 하나가 인간의 호기심을 붙잡는다. 머리는 커다란 코모도드래곤의 형상이고 가시처럼 돋아난 비늘로 덮인 몸은 물고기였다. 머리를 치켜들고 먼 태평양을 망연히 바라보고 있는데, 자세히 보니 눈이 멀어 있었다. 이 석상이 어떻게 이 해안가에 있게 되었을까, 신들이 지배하는 이 섬에서 파충류인 코모도드래곤과 물고기가 만나 금지된 정사를 나누다가 신의 노여움을 사 쫓겨났고 그 사이에서 태어난 새끼는 먼 태평양 너머를 망연히 바라보다가, 그대로 굳어 석상이 되었을까, 인간의 호기심과 상상력만 증폭되어 갈 뿐, 과학과 신학의 화해에도 밝혀내지 못한 채 전설이 되어갔다.

*

탁자 위에 던져놓고 있었던 전화기의 화면에서 푸른 광채가 나며 부르르 떤다. 토니는 습관적으로 책상 위 시계를 올려다본다. 시계의 장침이 10시 10분을 가리키고 있었다. 또 어머니려니…, 귀찮다. 어머니는 매일이다시피 전화를 걸어왔다. 특별히 용건이 있는 것도 아니었다. 야, 아직 안 일어났니? 밥은 제때 챙겨 먹니? 재희와는 잘 만나고 있는 거니? 반복되는 일상어, 기껏 그 소리 하려고 꿀맛 같은 아침잠을 깨우는지, 때론 노골적으로 불편함을 드러내도 막무가내다. 어머니의 삶의 가치가 언제부터 잠과 밥 같은 인간의 원초적 생존 문제 쪽으로 돌아갔는지 알 수가 없다. 나이가 들면서 세상일에 자신감이 떨어지니 자식이라든가 먹고 자고 하는 인간의 기본적 욕구 본능에 더 집요해지는 것 같다. 그럴 때 보면 어쩔 수 없이 한국 어머니의 모습 그대로이다. 토니는 자신의 어머니만은 늙어서도 시크하고 쿨하리라 여겼는데….

어차피 인생은 셀프다. 네 인생은 네 거고, 내 인생은 내거야. 어린 시절 유난히 많이 들었던 어머니의 말이었다. 보살펴 줄 수 없는 상황에서 스스로 살아갈 수 있는 자생력을 길러야 한다는 뜻이었을 것이다. 그런 어머니도 이제 늙고 병드니 허약해진 걸까. 독하게 마음먹고 버티자. 아직 고독사할 나이는 아니니까, 내 일상도 갈무리하기 버거운데 설마 어머니의 신변까지 챙기라는 건 아니겠지.

동두천과 이태원을 오가며 클럽을 두세 개씩 맡아 운영하며 억척스럽게 살아온 어머니, 그런 어머니에게도 병마는 비켜

가지 않았다. 알코올성 지방간에서 시작된 병이 이제는 간경변으로까지 진화된 상태다 그 지경이 될 때까지 어머니는 개의치 않고 술을 끊지 못했다. 지금도 밥은 굶어도 술은 굶을 수 없다는 배짱을 가진 여자, 내 어머니 장은희 여사다.

  토니는 어머니에 대한 감정이 매우 복합적이다. 원망과 연민이 켜켜이 퇴적층을 이룬다.

  어머니의 태도 역시 종잡을 수 없기는 토니의 감정과 별반 다르지 않다. 달빛처럼 부드럽다가 어느 순간 폭풍우처럼 거칠어지고, 자애롭던 눈빛도 믿을 수 없이 일순간 사나워지기도 했다.

  사랑의 증표처럼 남겨진 토니의 존재는, 어머니의 생에서 가장 꽃처럼 피어나던 시기에, 국경을 초월한 미군 장교와의 짧지만, 뜨거웠던 사랑과 잔인한 이별을 떠올리게 하기에 충분했을 것이다.

  토니는 중얼거리며 담요를 끌어 올려 얼굴까지 덮는다. 담요 속 까만 어둠이 오히려 편안하다. 전화기는 그때까지도 한쪽 날개가 부러진 풍뎅이처럼 구심원을 그리며 돌다 바닥으로 철퍼덕 굴러떨어진다. 극성! 극성! 장은희 여사, 토니는 담요를 신경질적으로 걷어낸다. 그리고 몸을 일으켜 전화기를 주워들고 화면을 들여다본다. 예상은 보기 좋게 빗나갔다.

"어, 형."

토니의 음성이 당황스럽게 떨린다.

"왜 그렇게 전화를 안 받아?"

매니저 형은 조금 골이 났다.

"어, 미안해 형, 나 샤워 중이었어."

토니는 능청스럽게 둘러댄다.

"토니 장, 이번 금요일 오후 2시 D대학 B103 실기실이야, 괜찮지? 약속할 수 있어? 페이가 좋아!"

형은 거두절미하고 용건부터 속사포 식으로 쏘아댄다. 그리고 페이가 좋다는 말에 힘을 주었다. D대학 이라면 세아가 다니는 학교인데, 퍼뜩 세아의 존재가 떠오르며 토니로 하여금 대답을 주저하게 한다.

"할 거야? 말 거야."

대답을 망설이는 사이 다혈질인 매니저형의 독촉이 뒤따른다. 다음 금요일이면 아직 시간은 있었다.

"그래 하는 걸로 해 둬."

토니는 엉거주춤 대답한다.

"하는 걸로 해 둬가 아니라, 확실히 하는 거지?"

형은 확답을 원했다.

"알았어, 형."

토니는 불도저식으로 밀어붙이는 형의 기세에 또 밀린다.

"페이가 좋아."

토니의 응낙에 만족한 듯 형은, 그래서 다른 모델에게 넘겨주기 아까운 타임이라는 듯, 다시 한번 강조하고 전화를 끊었다.

형은 지나치다 싶을 만큼 도식적이고 담백한 성격이다. 바쁘다는 핑계로 늘 용건만 간단히 말하고 끊는 게 형의 매너다. 그렇게 강조할 만큼 모델료가 많다면 얼마인지 속 시원하게 액수를 밝히던가, 궁금하면 네 쪽에서 물어오라는 듯이, '페이가 좋아' 강조하면서 끊어버리는 형이 유난히 속물스럽게 느껴진다.

물론 돈을 벌기 위해 옷을 벗는 건 사실이지만, 예술적 가치를 배제시키면 비애스러워지는 게 누드모델의 세계이다. 토니는 영 뒷맛이 개운치가 않다.

형도 역시 국적이 다른 부모 사이에서 태어난 혼혈인이다. 결혼 이민자인 형의 어머니는 필리핀에서 왔다. 두꺼운 쌍꺼풀에 어두운 갈색 피부는 그의 어머니에게서 받은 것 같다. 형은 영어와 한국어 둘 다 유창하게 구사한다. 아버지와 어머니 국적은 서로 달라도 모두 건재한 가정에서 자랐기 때문에 양쪽의 언어와 문화를 습득할 수가 있었을 것이다. 특히 아버지는 한국 사회에서 중소기업을 운영해온 경영인이다. 형은 이미 결혼해서 가정도 꾸렸다. 아이도 둘이 있다. 상대는 순수 한국 여자다. 아버지의 나라에서 굳건하게 뿌리를 내린 셈이다. 그래서 형은 하는 일이 다양하다, 다문화 가정 2세들의 권익을 대변하는 일과 영어학원 강사 일, 그리고 짬짬이 미술대학 실기실에서 누드모델 섭외 의뢰가 있을 때면 마다하지 않고 연결해 준다.

토니가 이 세계에 발을 들여놓게 된 것도 따지고 보면 이 형의 권유 때문이었다.

토니만의 카리스마 있는 얼굴을 하나의 도구로 고향 같은 이태원에서, 토니의 고향은 분명 이태원이다. 클럽의 미러블 아래서 디버 아티스트로서 명성을 얻고 있을 때였다.

"너, 그 잘생긴 외모를 고급 예술세계로 업로드 시켜봐. 이 조각처럼 예술성을 지닌 몸을 무대 위에만 내던져놓고 있지 말고, 사실 그런 건 반짝 예술이야. 저급 문화라고, 아차! 하는 순간 뱃살 붙고 몸매 흐트러져 봐. 누가 불러 주기나 한데, 그러지 말고 모델 일을 해보는 게 어때. 화가는 죽어도 그림 속 모델은 늙지도, 병들지도 않은 채, 처음 모습 그대로 시간의 마모를 피할 수 있거든. 누가 알아? 루브르박물관 벽에 걸려있는 다빈치의 모나리자처럼 수 세기를 지나도 변함없이 인류의 사랑을 받듯이 너도 그림 속에서 영생을 얻을 수 있을지."

형의 말은 퍽 판타지적이면서 설득력이 있었다. 고품격 예술세계, 루브르박물관의 모나리자, 인류의 미술사 운운하며 추천해 주었다.

그래도 선뜻 내키지 않았다. 다비드의 조각상처럼 실오라기 하나 걸치지 않은 누드로 남겨지는 건 생각만 해도 얼굴이 후끈 달아올랐다. 그러자 형의 설득은 계속됐다.
"보기보다 순진하네."

예술적 가치를 지닌 몸, 그러나 그 빛나는 비주얼도 그리 오래 가지 않는다. 크로노스(시간)의 손이 훑고 지나가면 시든 꽃잎처럼 한낱 검불에 불과할 걸…. 토니의 마음이 흔들린 건 바로 그 부분이었다. 조각 같은 육체도 시간의 마모를 견뎌낼 재간이 없다는 자명한 사실 앞에…. 그랬던 형이 이제는 부패한 관리처럼 유난히 돈으로 유인하는 것 같은 태도가 토니는 조금 짜증스럽다.

토니는 180센티가 훌쩍 넘는 장신이다. 거기다 백인의 특성이 잘 나타난 입체감 있는 얼굴, 단단한 근육질의 몸, 탄탄하게 자리 잡은 두 가슴이며 이두박근이 보기 좋게 박힌 종아리, 토니는 미국인 아버지와 한국인 어머니 사이에서 태어난 혼혈인이지만. 오히려 아버지의 외모를 더 많이 닮아있었다. 어머니에게서 받은 거라면 커다란 눈과 그리고 비보이적인 재능뿐. 토니를 혼혈인이 아닌 순수 백인으로 보는 시각이 더 많았다.

  쉬고 싶었는데. 얼마간은 대에 오르지 않으리라 생각했는데, 또 형에게 설득된 것 같다.

  어쨌거나 매니저 형은 토니를 적극 대에 앉히려고 애를 쓰는 건 사실이다. 그 덕택에 돈을 좀 모을 수 있었다. 지금의 이 오피스텔을 어머니의 도움 없이 분양받을 수 있었던 것도 형이 꾸준히 일감을 물어다 주었기 때문일 것이다. 융자가 조금 끼어 있어서 아직 대를 떠나기는 시기상조인 듯해 그대로 묵묵히 매니저 형의 제의를 받아들이고 있기는 했다.

  토니는 일어나 잠을 떨쳐내려는 듯, 긴 하품을 하며 소파에 걸터앉는다. 정신을 차리고 엉겁결에 응낙해버린 형과의 약속 내용을 다시 한번 곱씹어본다. '금요일 오후 2시 D대학 B103 실기실' 벗은 몸으로 세아를 맞닥뜨릴 설. 생각하니, 차리리 육신을 벗어 저 허공으로 날려버리고 싶다. 그러다, 아! 어쩌면 세아가 지독한 생리통이 생겨서 금요일 학교에 못 나올지도…. 토니는. 자신이 소름 끼치도록 자기 편리주의라는 생각이 들었다. 그런 일은 세아에게는 치명적인 재앙이 될 것이다. 그렇지 않아도 세아가 졸업을 코앞에 두고 진로문제 때문에 스트레스를 심하게 겪고 있었던 것이 떠올랐다. 어쩌면 이게 졸업 작품 제작 실기 수업일지도 모르는데, 그냥 맞닥뜨려 보는 거야, 영혼 없는 박제인간, 미라처럼.

그날 세아가 오피스텔로 찾아오지만 않았더라면 이런 고민은 하지 않아도 될 텐데. 저녁 무렵이었다. 막 저녁을 먹으려던 참이었을 때 현관 벨 소리가 났다. 어머니일까? 어머니는 가끔 전화 연락도 없이 나타날 때도 있었으니까. 그러나 현관 모니터에 떠 있는 것은 세아였다. 뜻밖이어서 조금 놀랐다. '웬일로 전화도 없이…'

토니는 문을 열어주었다. 세아는 침울한 얼굴이었다.

"오빠와 의논할 게 있어서 왔어."

그리고는 자리에 앉았다.

"오빠 나 담배 한 대 피워도 돼."

세아는 고개를 들어 토니를 빤히 쳐다보며 물었다. 세아는 자신의 진로 문제에 고민을 많이 하고 있는 것 같았다. 프랑스로 유학해서 미술 공부를 계속하고 싶은데 교수의 추천도 지금으로서는 불투명하고 실기 실력도 특출 나지가 않고 지난번 작품심사에서 결국 실망스런 평가가 나왔다며 남보다 비교 우위 되는 건 아무것도 없고 자비유학은 꿈도 못 꿀 일이고,

졸업은 다가오는데 심란해했다.

자신의 클러치 백에서 담배를 꺼내 입에 물자, 토니가 라이터를 켜 불을 붙여 주었다.

세아는 몇 모금 빨다 한 손으로 담배를 비벼 끄며 말했다.
"오빠, 나 좀 안아줘."

토니는 그런 세아가 뜨악했지만. 이미 분위기는 되돌릴 수 없이 이성의 외피를 벗고. 성에의 욕망이 민낯을 드러내고 있었다. 세아가 옷을 벗어 거칠게 던지고 안겨들었다. 그리고는 가슴을, 입술을, 격렬히 탐했다. 그리고 곧 뜨거운 열기 속으로 침잠했다. 젊음의 에너지는 무조건적이었고 무한적이었다. 그녀가 원하는 건 갈망하는 미란다의 체위였다. 어느 여자 누드모델보다 더 예술적이었다. 세아는 관성이 붙은 능숙한 몸짓으로 리드해 나갔다. 그녀의 긴 머리가 벨벳처럼 찰랑거리며 관능의 숲속으로 남성의 페니스를 깊숙이 끌어당겼다. 절정의 순간 체외 사정을 유도했고 뜨거워진 몸을 서서히 식혀 주는 것도 빠뜨리지 않았다. 그녀의 모든 몸짓에서는 노련함이 느껴졌다. 그녀에게 섹스는 불안을 떨쳐내는 묘약인 동시에 일종의 행위예술인 것 같았다.

세아는 다시 담배를 피워 물었다. 그녀의 얼굴에서 아까의 불안이나 초조 같은 것은 사라지고 없었다. 그리고 연기를 코로 날리며 장난스럽게 말했다. 나 있지 오빠의 페니스를 안 보고도 그릴 수 있을 것 같아, 고개를 들 때부터 숙일 때까지의 변태 되어가는 과정을, 토니는 당황스러웠지만, 그녀라면 그럴 수 있을 것 같다는 생각도 들었다. 세아는 뜬금없는 말을 뱉어내고 한참 동안 토니의 표정을 살피는 것 같았다. 토니도 세아의 얼굴을 빤히 바라보았다. 세아의 담갈색 눈망울에 오뚝한 콧날, 지중해의 푸른 물결이 얼비쳤다. 세아는 페르시아계 혈통을 가졌을 거라는 추측이 가능했다. 토니는 혼란스러웠다. 혼재된 세계사적 문화 속에 젊은 혼혈인들은 방향을 잃고 부유하듯 떠밀려간다.

 세아와의 그날 일이 의식에 머물러 감정을 추스르는지가 미지수였다. 세아와는 몸을 감각으로 익힌 사이, 몸이 기억하고 있을 것만 같아 두려웠다. 그건 세아도 마찬가지일 것이다. 감춰진 기능까지 기억해 낸다면, 감각만으로도 형상을 그려내는 여자, 섹스를 예술로 승화시키는 여자, 세아는 그런 여자였기에.

 감정의 개입 없이 서로를 바라볼 자신이 없다. 만에 하나 세아의 표정이 흔들리고, 자신의 몸이 반응한다면 일은 쪽나고 이 흥미로운 실화는 한 점 의혹도 없이 까발려지고 더 부풀러지기까지해서 루드 모델 사이트를 와글와글 들끓게 할지도 모른다는 생각이 찰거머리처럼 들러붙어 토니를 괴롭혔다.

 토니는 불현듯 어머니가 떠오른다. 그 모든 원인이고 지금의 결과인 어머니. 지난번 집에 들렀을 때 어머니의 건강이 매우 위태로워 보였다. 푸석한 얼굴에 휑뎅그렁하게 움푹 들어간 눈 하며 누렇게 변색된 얼굴빛이 가랑잎처럼 병이 깊어지고 있음을 보여주었다. 그래도 어머니는 내색하지 않았다. "애, 재희하고는 언제까지 만나고만 있을 거야? 그만한 여자 만나가 쉽지 않다. 이제 결혼을 서두를 때도 되지 않았니? 어머니는 생뚱맞게 벌써 떠나고 흔적으로만 남았는 재희의 얘기를 꺼낸다. 더구나 재희가 만나기 쉽지 않은 여자라고?"
 재희의 어떤 점 때문에 만나기 쉽지 않을 정도로 괜찮은 여자라고 여기는지, 그녀의 재력, 세련된 외모, 잠시 클럽을 드나들던 단골고객이었는데 어머니가 매칭시켜주었다. 재희 역시 처음엔 무척 적극적이었다. 오빠의 춤 테크닉은 신이 주신 재능 같아 누구도 따라 할 수 없는 신비가 스며있어, 실제 '세계 비보이 대회'에서 우승했을 때 재희는 무척 자랑스러워하며 축하파티를 열어주기도 했다.

 어머니는 매번 그 얘기였다. 재희와의 이별에 토니의 출생이 문제가 되었다는 것을 알 리 없는 어머니는 떠나고 아픈 기억으로 남은 재희의 존재를 일깨워 상처를 헤집어 놓는다. 토니는 그런 어머니가 아둔해 보이기까지 했다. 어쩌면 어머니는 빠르게 흘러가는 자신의 시간만을 느끼고 있는 것인지도 모른다. 어느 날 재희가 이별을 선언했다.

"오빠와의 만남을 우리 부모님들이 탐탁지 않게 여기는 것 같아. 우리 집안에 춤 잘 추는 놈은 필요 없다! 더구나 잠시 주둔지에서 만난 현지처와 미군 장교의 자식이라니.' 아버지는 사업을 물려받을 수 있는 경영 능력을 가진 젊은이를 원하는 것 같아. 오빠 이만 끝내, 모든 걸 잃으면서 오빠를 선택하기엔 나는 이미 약아졌어."

그녀는 무시로 토니의 오피스텔을 찾아와 같이 요리를 해 먹고, 시간을 보내면서 사랑을 키워왔다. 토니 역시 진실로 재희를 사랑했다. 그녀가 지닌 환경이 좋다는 것도 물론 끌리는 이유 중의 하나라는 것을 부인하지는 않겠지만 무엇보다 재희는 똑똑한 여자였다. 그런 똑똑한 여자가 자신을 선택해 주었다는 점에 더 자부심이 느껴졌다. 갖은 차별과 편견에 이제는 익숙해졌다고 여겼지만 그래도 재희와 엮이는 건 토니로서는 한국인 신분에 백인 외모라는 부조화를 극복하는 데 힘을 실어 줄 것이라고 굳게 믿었다. 그것은 강렬한 카타르시스였다. 그랬기에 재희가 남겨 놓은 이별의 흔적은 더 큰 아픔으로 남았다.

토니는 생각을 털어내려는 듯 고개를 저으며 냉장고 쪽으로 다가간다. 주방 창문에 가려진 블라인드 새로 스며든 햇살이 바닥에 빗금을 긋는다.

냉장고 문을 열자 갖은 가공 육류들이 냉장실을 가득 채우고 있다. 도어 선반에는 프로 블로네 치즈를 비롯해, 로스트 비프, 치킨브레이츠, 어제 먹다 남겨 놓은 듯, 포장지가 뜯겨진 잉글리쉬 머핀, 등 위 칸 아래 칸을 모조리 차지하고 앉아 있다. 마치 편의점 냉장식품 진열대를 그대로 옮겨놓은 것 같다. 대부분이 근육을 키우는데 필요한 단백질 가공식품들이다.

토니는 그중에서 크랜베리 주스 팩을 집어 들어 가볍게 흔들어 마신다. 목을 타고 넘어가는 주스가 맹물처럼 밍밍하다. 아무 맛도 느껴지지 않는다.

토니는 집을 나선다. 도날드가 새겨진 챙 모자로 얼굴을 반쯤 가리고 트레이닝 반바지에 발가락 슬리퍼까지 꿰이신었다. 가벼운 차림이다. 옅은 구름층을 뚫고 뿌려지는 강한 자외선은 선글라스로 가렸다. 토니는 어둠이 좋았다. 오피스텔 옆 건물의 5층 휘트니스 클리닉을 향해 걷는다. 일주일에 두세

번 정도 가까운 이곳에 들러 몸을 만든다. 청소년 비보이 시절부터 시작된 그의 몸만들기는 지금도 계속되고 있다. 몸은 그에게 많은 가능성을 열어주었다.

스트레칭과 워밍업이 끝나면 러닝머신과 사이클 타기, 그러고 나면 체스트 플라이, 가슴을 탄력 있게 만들어 주는 운동기구다.

'자, 가슴을 닫을 때 호흡을 내쉬고, 가슴을 열어줄 때 호흡을 마십니다.' 복싱선수 출신 헬스트레이너는 토니의 양어깨를 두 손으로 가볍게 누르고 시선을 집중하며 꼼꼼하게 코치를 해준다.

북아프리카의 튀니지에서 왔다는 그는 튀니지 북쪽의 어촌마을에서 가난한 어부의 아들로 태어났고 가난이 싫어 한국으로 돈을 벌러 온 취업이민자다. 이름이 '오타루'이다. 떡 벌어진 두 어깨에 붙어있는 승모근은 지중해의 물결처럼 곡선으로 이루어져 있다. 지중해에 접해있어 온난한 기후는 많은 외침을 불러들였고. 그로 인해 주민의 대부분이 혼혈로 이루어진 나라, 튀니지는 순수혈통을 잃어버렸을 만큼 종의 교배가 빈번하게 이루어진 나라, 마치 인종의 전시장이라 할 만큼 혼혈이 많은 나라란다.

오타루의 가슴은 무쇠처럼 탄탄해 보인다. 토니는 볼 때마다 다소 위압감이 느껴지지만, 그의 복싱으로 다져진 근육을 탐낼 필요는 없다. 토니는 예술적 가치에 무게를 두는 누드모델이다. 투박함이나 강인함보다 미적 균형이나 선과 면의 조화가 강조된다. 오타루는 오히려 토니의 하얗고 절제 있게 발달된 근육에서 헤라클레스 같은 힘과 신비감이 느껴진다며 극찬을 아끼지 않았다. 그의 백인에 대한 트라우마가 느껴지기도 하는 대목이다. 그는 흑인과의 혼혈인 듯했다. 그의 곱슬거리는 머리, 두껍게 뒤집어진 입술이 흑인을 닮아있었다.

현관문을 여는 순간 버릇처럼 시선이 머문 곳은 장식장 위에 놓인 가족사진이다. 그곳엔 연출된 분위기이긴 해도 꽤나 다복해 보이는 세 가족이 있다. 여섯 살짜리 토니가 그곳에 있었다. 그리고 아버지 마이클 테디, 그 옆으로 짙은 화장을 한 섹시하고 화려한 어머니가 앉아 있다. 사진 속 마이클은 토니에게 혼자가 아니라고, 가족이 있었다는 걸 일깨워준다. 토니는 외롭고 막막할 때면 망연히 들여다본다. 사진 속에서 마이클이 웃고 있다. 마이클에 대한 기억은 변하지도, 퇴색되지도 않는다. 항상 그 순간에 머물러있다. 토니가 여섯 살 무렵까지 같이 살았던 마이클은 그 후 주둔지 철수 명령을 받고 본국으로 떠났다.

어머니는 무용을 전공했던 미모의 대학생이었다. 재학시절부터 돈을 벌기 위해 아르바이트 삼아 클럽을 드나들다 당시 미군 장교였던 마이클을 만났고 무모하게도 시한부적인 사랑에 빠져들었다. 영원할 수 없었기에 더 열렬했는지 모른다. 처절하도록 기억을 붙잡고 싶어 하는 걸 보면 어머니가 얼마나 마이클을 사랑했고 자랑스러워했는지 짐작할 수 있었다. 어머니의 기억은 그 지점에서 멈춰 있는 것 같았다.

마이클이 떠난 후로 토니는 어머니를 따라 철새처럼 옮겨 다녀야만 했다. 처음 살았던 이태원을 떠나 동두천으로 그리고 다시 의정부로 다시 강원도 산골로 보트피플이 되어 떠돌았다. 거주지가 바뀔 때마다 토니는 또래 친구들의 여러 가지 흥미로워하는 반응과 마주해야 했다. 처음엔 호기심이었다. 미국에서 전학 온 아이, 한국에 주재하는 상사원의 아이로 여기는 것 같았다. 대하는 눈빛에서는 부러움과 선망이 서려있고 대우는 융숭했다. 그러나 어린 토니 입에서 튀어나오는 말은 마이클에게서 주워들은 어설픈 영어 몇 마디가 전부였다. 차츰 시간이 지나면서 아이들에게서 '넌 미국 놈이 왜 미국말을 못 하니?'라는 가장 치명적인 의혹이 제기되면서 놀림감이 되어갔다. 남의 둥지에서 태어난 뻐꾸기 새끼처럼…. 그렇게 근본이 드러나면 아이들의 비아냥거림이 시작되었다.

"이봐, 장토니, 너 이번 영어 점수 몇 점이야."

"보나 마나지 뭐, 큭큭.

"쟤, 있잖아, 혼혈아야. 아버지가 미국 사람이고 어머니는 한국인이래, '장'이라는 성은 지네 엄마의 성이고."

"미국이 어디인 줄도 모르는 녀석이 뭐 저래, 완전 미국애 같잖아."

"그러게 말이야. 난 깜빡 속았지. 장토니, 너 미국 몇 번 가 봤니?"

사실 토니는 미국에 대해서는 아는 바가 없었다. 아버지의 고향이 미 서부의 항구도시 '샌디에이고'라는 것 외에는, 시간이 지날수록 반 친구들의 따돌림은 집요했고. 토니는 외톨이가 되었다.

토니는 학교를 그만두었다. 학교는 토니에게 자신의 정체성에 혼란만 주었다. 한국에서 태어났고 한국인으로 살아가는 그에게 백인의 얼굴은 굴레였다. 토니는 학교를 그만 둔 후 클럽 무대에서 춤을 추었다. 무용수 어머니가 물려준 유산이자 피할 수 없는 숙명이었다. 무용수의 아들로는 어쩌면 준비된 수순인 지도 모를 일이다. 그의 핏속을 흐르는 율동적 감각이 음악과 만나 관객을 매료시켜갔다. 토니는 태아 적부터 어머니의 자궁 속에서, 양수에 떠밀리면서 율동을 탔던 무대가 편안했다. 차츰 박수갈채에 매몰되어갔다. 특히 'R16 코리아 세계 비보이 대회' 미국, 유럽, 일본 등 국적을 초월해서 자신들의 나라를 대표하는 춤의 신들이 겨루는 페스티벌에서 우승했던 그 성취감은 토니가 살아가는 추동력이 되었고, 그 명성은 댄스계의 신동으로 자리매김되었다.

D대학 B(지하) 103 미술 실기실, 이곳은 처음은 아니다. 전에 한두 번 왔던 곳 같은데, 처음 갔던 곳도 이렇게 심장 박동이 요동친 적은 없었는데…. 주어진 50분을 무사히 마칠지 막막하다.

누드 드로잉 연습은 미술대학 학생들에게는 기본이면서 매우 중요하게 다룬다. 인간의 육체에는 우주가 담겨 있고 무한한 미지의 세계를 품고 있어, 예술가들에게 많은 영감을 준다고 했다. 미술대학에서 누드드로잉 수업을 중요시하는 이유다. 인체를 통해 형이상학적인 구조와 미세한 동작까지도 순간에 잡아내도록 훈련해 장차 예술가로서의 직관력을 기르는 과정이기 때문이다. 뿐만 아니라 모든 장르로 표현하기 전 꼭 필요한 밑그림이 바로 누드드로잉이다.

고갱은 여행 중에 만난 '테차인마라'라는 여자의 관능적인 누드를 수도 없이 그렸다. 그는 주로 피식민지국을 여행하며 자아가 성숙하지 않은 어린 소녀들을 화폭에 담으면서, 예술이라는 미명으로 만행에 가까운 일들을 자행했다. 그래서인지 그의 작품 세계는 정열적이면서 제련되지 않은 야성이다. 그의 잉카인의 피가 원시적이고 이국적인 것을 사랑하게 했는지도 모르지만. 그의 작품 속에 들어있는 여인들은 날것 그대로 성적이고, 육감적이며, 다산의 상징으로 표현된다. 그래서 화가 고갱에 대한 평가는 엇갈린다. 많은 논쟁의 요소가 들어있기 때문이다.

프랑스 인상파 거장들의 그림에는 비련의 누드모델 수잔 발리동이 자주 등장한다. 그녀는 미혼의 임산부로 불룩한 배를 드러내고 프랑스 인상파 거장들의 그림 속에 당당이 서 있다. 인상파 화가들의 그림 속에 언제나 야성의 여자 모델들이 있었다.

대기실에서 여러 생각들을 떠올리며 호흡을 가다듬고 있는 사이, 시작 시간이 되었음을 알려왔다. 벗은 몸을 가운 하나로 감추고 당당히 대를 향해 걸어갔다. 이곳은 지하인데도 암막 커튼으로 햇빛을 완전히 차단하고 주황색 조명 불빛으로 부드럽고 어머니의 자궁처럼 아늑하게 장치했다. 양수에 떠밀리며 리듬을 탔던 아득한 무의식의 자아 속으로 숨어들었다.

눈을 들어 앞을 보니 우선 그 숫자가 나를 압도했다. 회화과, 조소과, 소묘과의 통합 수업인 듯했다. 예상보다 분위기는 엄숙했다. 의연해야 한다. 대에 앉자마자 가운을 벗었다. 수많은 시선이 날아와 내 몸을 훑는다. 내가 허락해야 할 시선들이다. 이를 악물었다. 이 기세에 눌리며 무너진다. 고학년답게 모델의 알몸에 초연하기는 했다. '졸업 작품 제작을 위한 마지막 수업 시간이다.'고 매니저가 말했던 대로 그들의 눈빛은 모델을 해체시켜 도화지 위에 재현하려는 듯, 강렬했다.

대칭과 비대칭의 조화 아니 부조화여도 예술적 가치는 충분하다. 평면 위에 깊이를, 원근을, 어둠과 밝음을 표현해낸다. 개인의 예술적 감성과 개성이 입혀지고 테크닉에 따라 여러 형태로 나타날 것이다. 한 인간의 육체에 각자의 영혼을 불어넣으려는 듯, 그들의 눈은 날카롭게 빛나 보였다. 형이상학적 형체로 분절되고, 제단 되고, 이어 붙여져서 새로운 형태로 태어날 것이다. 유채색의 물감을 입고 유화로 표현되기도, 철상, 동상, 투명한 아크릴상 등으로 재탄생 될 몸이다.

자신의 몸의 예술적 가치에 몰입하자 그래야 덜 비애적일 수 있으니까. 잠시 고개를 돌려 커튼 쪽을 바라보았다. 그곳에 세아가 있었다. 이젤에 고개를 박고 앉아 있었다. 무언가 자신만의 구상을 하는 것 같았다. 문득 그녀의 눈에 비친 자신의 몸은 어떤 것일까? 그녀의 늘어뜨린 긴 생머리에서 라벤더 샴푸향이 '훅' 날아들 것만 같았다.

다시 고개를 돌리려는 순간 강 교수가 다가오며 손으로 제스처를 취했다. 자신의 양손바닥을 뒤집어 위로 치켜올리는 모양새가 일어서라는 주문인 것 같았다. 그들이 요구하기 전에 가급적 그들의 의도를 알아차리고 능동적으로 자세를 잡아준다. 그것이 프로 모델의 직업윤리다. 지금까지는 그래왔다. 그러나 이날의 요구는 파격이었다. 자신을 민낯 그대로 내던져야만 가능한 포즈다. 당황스럽다. 대를 박차고 뛰쳐나오고 싶은 충동이 솟구쳤다. 지그시 눈을 감아 감정을 눌렀다. 실내는 쥐 죽은 듯이 가라앉아 있었다. 그들의 요구는 마치 미켈란젤로의 〈다비드 상〉, 아니, 그게 다가 아니었다. 팔을 올려 '태양을 향해 활을 쏘는 자세'였다. 어차피 남성 누드가 힘과 권력의 상징이듯이, 활시위를 겨누는 두 어깨의 승모근과 꽁지발로 대지를 밀쳐내듯 탄력 있게, 두 다리의 근육에서 최대한 젊은 육체의 아름다움과 에너지가 느껴지도록 하라는 주문이었다.

눈을 질끈 감았다가 떠본다. 두려움과 수치심을 떨쳐내기가 쉽지 않다. 권력과 영웅의 상징인 미켈란젤로의 〈다비드상〉

현재 피렌체의 갤러리아 델 아카데미에 소장되어있는 걸로 알고 있다. 미켈란젤로는 왜 하필 권력과 영웅의 상징이었던 이스라엘의 위대한 왕 다윗의 청년 모습을 모델로 조각상을 만들었을까, 설마 왕을 지금의 나처럼 누드로 세워놓고 제작하지는 않았을 거야, 미켈란젤로의 상상 속에서 태어난 다비드 상, 그 조각상 제작 후 미켈란젤로는 부와 명성을 얻었을까, 수 세기가 흐른 지금에도 예술사에 길이 남겨져 전해진 걸 보면, 내 육신도 석상, 동상, 아크릴 상, 등 매니저 형의 회유처럼 늙지도 병들지도 않은 채 영원성을 지닌 예술로 승화되어 길이길이 보존이 될까.

인생은 짧고 예술은 길다. 젊은 육체도 시간의 마모를 견딜 수 없다. 그러나 지금 난 페이를 위해 옷을 벗었다. '페이가 좋아.' 매니저 형의 부패한 관리 같은 말이 의식에 떠다닐 뿐이다.

지하실의 음습한 공기는 몽환적으로 치환되고, 숨이 멎은 듯, 침묵 속에서 도화지 위에 흑연 긋는 소리만이 사각사각 부유했다.

영혼과 육체는 이원이다. 별개다. 비애감을 이기기 위해 이 순간 무엇을 떠올려야 할까.

고난의 길을 가는 예수, 육신통을 중득해 유체이탈이 가능했던 석가, 공자, 알라들을 하나하나 떠올려본다. '유체이탈'

내 영혼도 대 위에서 돌처럼 굳어버린 육체를 떠나 먼 우주로 날아가 2천 년 전 예수와 조우한다.

골고다 언덕으로 오르는 길목, 홍분한 군중 사이를 서른세 살의 예수가 십자가를 등에 지고 쓰러질 듯 비틀거리며 걷는다. 발목에 걸려있는 족쇄가 그의 걸음을 붙잡고 여기저기서 돌멩이가 날아든다. 날아든 돌에 살갗이 찢기고 피가 흘러내린다. 이때 군중 속에서 한 여자가 다가와 예수에게 수건을 내민다. 여자의 이름은 베로니카다. 예수는 못 본채 묵묵히 죽음의 언덕으로 오른다. 그리고 곧 도착한 곳에서 십자가에 못 박히고 처참하게 최후를 맞이한다. 후세 사람들은 예수의 죽음을 두고 인류를 구원했다고 미치광이들처럼 떠들어댔다.

강 교수가 시계를 쳐다보고 토니를 향해 눈짓을 했다. 시간이 종료됐음을 알린다. 그녀는 언제나 정확했다. 토니가 대에서 움직이려 해도 그대로 굳어버린 발이 떼어지질 않았다.

학생들의 긴장감에서 풀려나는 깊은 날숨소리가 여기저기서 들려왔다. 부스럭대는 소리, 이젤 위의 도화지를 빼내는 소리들이 뒤엉킨다.

토니는 엎드려서 발목관절을 몇 번 문지른 후 절뚝거리며 대를 내려오는데, 누군가가 다가와 토니에게 가운을 건넸다.

흐릿한 시야에 비친 실루엣으로는 세아인 것 같았다. 고개를 숙이는 순간 그녀의 긴 생머리가 얼굴 위로 흘러내렸다.

  토니는 가운을 받고 싶지 않았다. 끝까지 당당함을 지키고 싶었다. 그대로 대기실로 들어왔다. 그리고 옷걸이에 걸어놓은 옷을 주섬주섬 걷어 꿰어 입고 있었다. 그때 누군가 등을 툭 쳤다. 돌아보니 매니저 형이 엄지손가락을 치켜세우고, 만면에 웃음을 짓고 있다. 잘했다는 칭찬인 것 같았다. 토니는 본 둥 만 둥, 고개를 돌렸다. 아무런 감정도 드러내고 싶지 않았다.

"이세아. 아니 이게 뭐야!"

  벽 너머에서 강 교수의 윤기 흐르는 고음이 날아와 토니의 뒤통수 꽂힌다. 가슴이 철렁했다. '아~, 아.' 우려했었던 대로일까? 뒷목이 뻐근해 왔다. 그러나 뒤돌아보고 싶지 않다. 그녀의 흰 도화지 위에서 내 육체가 해체되고 분절되고, 혹은 천 개의 손을 가진 힌두의 신처럼 변형되어가는 페니스가 가득 채워져 있다고 해도 그건 내가 끼어들 바가 아니다.

  '난 눈을 감고도 오빠의 페니스를 그려낼 수 있을 것 같아, 고개를 들 때부터 숙일 때까지…. 세아의 은밀한 목소리가 다가든다. 그녀는 시처럼 소설처럼 그림을 그린다. 비가시적인 것을 가시적으로, 추상과 현상을 결합시켜 새로운 세계를 창조해내는 재능을 가졌다.

　나는 옷을 걸치고 밖으로 뛰쳐나왔다. 수많은 인파들의 물결이 출렁거리며 어디론가 흘러간다. 현기증이 일었다. 택시를 잡아탔다. 늙수그레한 기사가 물었다. 어디로 모실까요? 나는 아무 곳이나 가자고 했다. 한 줌 티끌처럼 사라지고 싶었다. 기사가 룸미러에 시선을 고정한 채, 흘끔 쳐다본다. 그리고 달리기 시작한다. 길옆 빌딩들이 달려와 스러져 간다. 다리를 건너고 철교를 넘어 달린다. 바람에 실려 온 갯내음이 짭조름하다. 산이 달려와 나를 밀어버린다. 넓은 평원이 나타났다 밀려가고 어디선가 모래바람이 세차게 불어와 나를 허공으로 날린다. 에메랄드빛 바다 위를 두둥실 떠간다. 솜털 구름이 달려와 부서지다 흩어진다. 예술에 심취된 세아의 얼굴이 구름 사이에서 나타났다가 사라져가곤 한다.

　코모도드래곤의 머리가 달린 남자는 온몸이 가시비늘로 덮인 채 한 조각 돛단배에 실려 미지의 섬에 닿았다. 원시에 묻힌 신들의 섬, 섬을 둘러싸고 너울성 파도가 춤을 춘다. 망연히 서서 태평양 너머를 바라본다. 오래된 그리움이 출렁인다. 불러 보지 못한 낯선 이름, "아버지! 으 흐 흑" 남태평양의 짙푸른 파도가 달려와 소리를 삼키고, 영겁의 시간이 날린다.

장맛비

용석은 손을 뻗어 컴퓨터 옆에 놓여있는 담배를 꺼내 입에 물고 불을 붙였다. 벌써 세 개비째다. 작업에 몰입이 안 될 때, 그는 습관적으로 담배를 피워 물었다. 눈이 뻑뻑하다. CD 플레이어를 켰다. 내장되어있는 대로 이수영의 발라드가 흘러 나왔다. 지그시 눈을 감고 잔잔한 음률에 영혼을 맡긴다. 발라드는 늘 차분하게 용석의 마음을 가라앉혀 주었다.

김 매니저는 이번 작품은 직선과 곡선만을 써서 심플하고 모던한 느낌이 나게 그려달라는 주문을 남겼다. 그는 매번 일을 줄 때면 좀 까다롭다 싶을 만큼 세심한 부분까지 주문을 붙였다. 안목이 높아진 고객들의 요구를 충족시키려면 어쩔 수 없다고 했다. 그래도 고마운 사람이다. 장애인 복지를 위해서라면 몸을 사리지 않는 정의감이 살아있고 의협심 강한 늙은 청년, 그도 역시 장애인이다. 김 매니저는 성치 않은 몸으로 장애인협회 총무 일까지 맡고 있었다. 사실 협회에 등록된 장애인 일러스트레이터만도 수십 명에 이르지만, 의뢰가 들어오면 휠체어를 몰고 직접 이곳까지 찾아와 일을 주고 갔다.

일은 용석에게 희미하게나마 자신의 존재에 가치를 부여하게 하고 삶을 지탱해 주는 원동력이다. 용석은 책상 위의 자명종을 쳐다보았다. 9시 40분이 지나고 있었다. 어제 주민센터 사회복지 담당직원으로부터 전화를 받았다.

"서용석 씨, 그 동안 혼자서 생활하시느라 불편하셨죠? 내일 돌보미분이 갈 거예요. 참 좋은 분이세요."

용석은 전화내용을 떠올리다, 시선을 돌려 창밖을 응시했다. 맞은편 건물 벽에는 해체되듯 뜯겨진 포장마차 하나가 모로 세워져 있을 뿐. 서민임대아파트 단지는 시간을 삼킨 고인돌처럼 적요에 잠겨있었다. 간혹 경비의 불가해한 언어들만 고요 속에 떠다녔다. 지적장애인 경비는 주민들과 미완의 단어들로 그만의 소통을 구사한다. 주민 중 간혹 그의 말을 알아듣는 이도 있긴 했다. 그것은 오랜 친분에서 터득한 습관어 같은 것에 불과하겠지만, 경비의 얼굴은 지적장애 특유의 표정도 없을뿐더러 나이도 가늠이 안 되고 시간의 굴레에서 비켜난 것처럼 늘 천진해 보였다.

용석은 담배를 목구멍까지 깊게 빨아들여 날숨과 함께 내뱉었다. 명치끝에 고여 있던 더운 기운도 함께 날아가는 것 같았다. 간간이 불어오는 바람에 무성하게 어우러진 나뭇잎이 흔들릴 때마다. 거실 바닥에 드리워진 십자 무늬의 창틀 그림자도 따라 흔들렸다. 바람이 스치자 향긋함이 들숨에 섞여 콧속으로 밀려들었다. 사치스럽고 퍽 관능적인 향이다. 외로움에 갇혀버린 영혼을 위무라도 하려는 듯이…. 용석은 자신의 파일을 열었다. 이미 작업해 놓은 디자인 샘플 시안 중에서 골라 볼 요량이었다,

　'띵 똥' 현관 벨의 맑은 음계 소리가 고요를 깼다. 용석은 PC의 모니터에서 시선을 거두어 현관 쪽을 바라보았다.

　"누구세요?"

　"도우미인데요. 구청에서 왔습니다."

　거칠거나 투박하지 않은 매끄러운 칼라의 음성이 귀에 감겨 들었다. 구청에서 보낸 돌보미인 모양이다. 무력하기만 했던 심장의 박동이 사람의 음성에 반응하듯, 빠르게 뛰기 시작했다. 용석은 팔에 힘을 실어 전동휠체어를 돌렸다. 현관 쪽으로 다가갔다.

　이 년 전, 어머니가 돌아가실 때까지, 그 모든 용석의 보살핌은 온전히 어머니의 몫이었다. 용석이 장애자가 되고 그 힘

든 기간 동안 용석의 수발을 자신의 죄사함으로 여기며 묵묵히 견뎌냈던 어머니. 그러나 그것은 어머니의 건강을 담보했었다는 사실을 깨달은 건 어머니가 세상을 떠난 뒤였다. 어머니는 그렇게 불구자식 용석을 세상에 맡기고 눈을 감지 못한 채, 용석의 곁을 떠나갔다.

굳게 맞물려 있기만 했던 잠금장치를 해제하고 철문을 힘껏 열었다. 문 뒤에서 여자가 모습을 나타내자 "아!" 순간, 용석은 움찔 놀라 휠체어를 뒤로 밀쳤다. 감탄과 탄성이 목울대에서 멈췄다. 어디서 본 듯한 얼굴, 이 기시감은 느낌일까? 기억일까? 이럴 땐, 아무 말도 떠오르지 않았다. 멀뚱히 쳐다만 보고 있었다. 기억 저 너머에서 수현이 걸어 나와 있었다. 컬이 짧은 파마머리만 아니라면, 군살 없는 몸매 하얀 피부 지금쯤은 저렇게 변했을 수도, '아니야, 그럴 리가' 용석은 머리를 가볍게 흔들었다. 그리고 침을 삼켜 목소리를 가다듬었다.

"반갑습니다. 어서 오세요."

극히 의례적인 인사말로 여자를 맞았다.

"안녕하세요."

여자도 가볍게 목례를 하면서 들어섰다. 현관에 들어선 여자가 말없이 주위를 살폈다. 어질러진 싱크대와 거실 벽에 붙어있는 PC대, 그 위에 비벼 끈 담배꽁초들이 수북이 쌓여있는 재떨이, 여자의 눈길이 빠르게 움직였다. 한참 만에 여자가 코를 찡긋거리더니 용석에게로 눈길을 돌렸다. 침묵 속에서 둘의 눈빛은 어색하게 엉켰다.

"지난번 담당했던 분이 안 온 지 얼마쯤 됐나요?"

여자는 어색한 침묵이 부담스러운 듯 말을 꺼냈다. 말에는 힘이 과장 되게 실려 있었다. 눈빛도 담담해져 있었다.

"한 3주 정도 됐을 거예요."

용석은 여자가 묻는 게 반갑지 않았지만, 면접관의 질문에 답하는 응시생처럼 또박또박 성실하게 대답했다. 매번 새로운 장애인 돌보미를 맞이할 때마다 치르는 통과의례다. 그리고 여자의 눈치를 살폈다. 여자는 대답을 듣기 위해서라기보다 분위기를 누그러뜨리려고 물었던 듯 가볍게 고개만 끄덕이고는 싱크대 앞으로 다가갔다. 윗옷을 벗어 찬장 문고리에 걸어두고 손가방에서 앞치마를 꺼내 입었다. 그 모든 손놀림은 능숙했다.

용석은 그중 프로구단의 주전 투수로 활약했을 만큼 인정받은 야구선수였다. 초등학교 때부터 시작한 야구는 대학야구를 거쳐서 프로구단에 입단하기까지 우여곡절도 많았고 때론 방망이를 놓아버리고 싶었던 때도 있었지만 그럴 때마다 곁에서 지켜보는 어머니를 보며 마음을 다잡았고 자신이 선택한 야구 인생을 숙명으로 받아들이자고 다짐했다.

97년 시즌 개막경기에선, 그는 당당히 팀 주전으로 그라운드에 섰다. 그로서는 비상을 예견한 듯했다. 관중석에서 들려오는 함성, 막간에 펼쳐진 치어리더의 현란한 춤은 팬들이 보내준 응원이었고 야구마니아들의 관심이었을 것이다. 그러나 불운은 너무도 빨리 용석을 찾아왔다. 시즌 내내 허리에서 통증이 느껴졌지만, 게임에의 긴장은 통증마저도 무디게 만들었고. 운동선수에게 이 정도 통증쯤이야 했던 게. 되돌아갈 수 없는 후회의 강을 건너고 말았다.
 통증은 점점 심해졌고 더 이상 참을 수 없게 되었을 때야 용석은 병원을 찾았다. 의사는 정밀검사를 해봐야 알겠다고 MRI 검사를 권했다. 용석과 어머니는 의사의 권유를 받아들일 수밖에 달리 방법이 없었다.
 검사는 꽤 시간이 걸렸다. 허리 부분을 앞뒤로, 모로 뒤집어가며 찍어댔다. 촬영 내내 몸이 불편한 것보다 결과에 대한 불안이 마음을 강하게 눌렀다.

 검사를 마치고 어머니와 대기실 의자에 앉아 있었다. 어머니는 말없이 마른침만 삼키고 있었다. 표정도 어두웠다. 용석은 불현듯 어머니가 측은하게 느껴졌다. 아버지라도 곁에 있었더라면, 어머니의 옆자리가 오늘따라 휑뎅그렁해 보였다. 주위를 두리번거리다 커피자판기를 발견하고. 용석은 자리에서 일어나 자판기대로 걸어갔다. 그리고 커피 두 잔을 뽑아다 어머니에게 한 잔을 건넸다.

"커피니?"

어머니가 기다렸다는 듯 마른침을 삼키며 종이컵을 받았다. 커피 잔을 받아 쥐는 어머니의 손이 가볍게 떨렸다. 그리고 긴장을 누그러뜨리듯, 받아든 커피를 천천히 조금씩 목을 적시면서 마셨다. 가까이에서 본 어머니의 머리가 희끗희끗했다. 볼은 늘어져 나이보다 늙어 보였고, 저승꽃이라는 검은 반점들이 얼굴 여기저기 흩뿌려져 있었다. 용석은 어머니에 대한 연민의 정이 가슴으로 밀려들었다. 야구공과 승률에만 빠져 살아온 날에 대한 깊은 자책과 함께…. 그러는 동안에도 허리 통증은 날카로운 송곳으로 찌르듯이 쑤셔왔다. 용석은 얼굴을 찡그리다 못해 고개를 숙였다. 허리에서 시작된 통증이 온몸으로 퍼져 짓눌러왔다. '많이 아프니?' 어머니가 알아차리고 손을 허리에 대고 쓸어주었다. 아버지를 잃은 건 열아홉 살 때였다. 그 무렵 원하는 대학팀에 스카우트되기 위해 연습과 실전에 매달려야 했다. 사실 아버지의 임종도 지키지 못했다. 지방 초청경기를 마치고 숙소에 돌아와서 아버지의 부음을 전해 들었다. 그리고 다음 날 장례식장에서 입관이 진행 될 때야 아버지와 대면했을…. '후~' 용석은 날숨을 한숨처럼 내뱉었다.

"서용석 씨 들어오세요."

간호사의 호명을 듣고 엉거주춤 자리에서 일어나 어머니의 손을 잡고 진료실로 들어갔다.

의사는 벽에 붙은 엑스레이 검사 결과 화면을 들여다보고 있다가 시선을 돌려 이쪽을 바라보았다. 용석도 어머니도 말없이 엑스레이 화면을 쳐다보았다. 뭔가 조짐이 좋지 않았다. 용석의 허리 사진은 대기실 벽에 붙어있던 홍보용 정상 척추 사진과는 차이를 보였다. 우선 일정한 간격을 두고 규칙적으로 페어져 있어야 할 요추 중 세 번째와 네 번째가 뭉개져서 엉켜있었다.

"자 앉으세요."

의사는 먼저 자리를 권했다. 의사 앞으로 다가가 의자에 나란히 앉았다. 마른 체격의 의사는 희고 가는 손가락으로 마우스를 움직여 설명을 시작했다.

"여기 나타나 있는 대로 3번과 4번 요추 사이에 있는 디스크가 망가져, 가운데 있는 수핵이 삐져나와 섬유화가 진행됐어요. 자 보이시죠? 이 정도가 되기까지 환자가 통증을 많이 느꼈을 텐데."

의사는 마우스를 여기저기 들이대며 자세히 설명을 했다. 마우스 포인트의 파란 불빛이 자동으로 명멸했다.

"섬유화되어버린 조직을 떼어내고 인공뼈로 치환을 해야 하는데 이 과정에서 신경공을 지나고 있는 신경이 손상을 받을 수도 있고, 그럴 경우, 이는 하지마비로 이어질 수 있습니다."

 의사의 설명은 퍽 요식적이었다.

 "하지마비!"

 어머니와 용석은 동시에 놀랐다. 하늘이 무너져 내린 것 같은 절망적인 결과였다. 용석은 정신이 아득했다. 죽는다는 것보다도 더 견디기 힘든 고통을 선고받고 있었다. 그러나 의사의 설명은 정중했고 단호해 보였다. 조금의 변통도 느껴지지 않았다. 옆에서 듣고 있던 어머니가 창백해진 얼굴로 물었다.

 "하지마비라고요? 두 다리가 다 그렇다는 말입니까?"

 어머니의 음성에는 울먹임이 섞여들었다.

 "그렇습니다. 환자분의 직업이 야구선수라고 했지요? 죄송합니다. 저로서는 지금 뭐라고 달리 드릴 말씀이 없습니다. 마음의 준비를…."

 무슨 마음의 준비를? 어떻게 하라는 건지, 용석은 속이 메스꺼렸다. 통증은 바늘로 찌르듯 온몸을 잠식해 왔다. 그것이 야구선수에서 불구자의 삶을 받아들일 준비라는 것을 알게 된 건 한참 뒤였다.

 "저… 저, 하나 더 물어봐도 될까요?"

 어머니는 의사를 바라보더니, 무슨 말을 하려는지 쭈뼛거렸다. 어머니의 콧등에는 어느새 송골송골 땀방울이 맺혀있었다.

"네, 궁금하신 것 있으면 말씀하세요."

의사는 부드러운 말로 어머니의 질문을 유도했다.

"그러면 결혼을 하거나 아이를 얻는 데는 지장이 없을까요?"

어머니의 말속에는 안타까움이 배어있었다. 수현과 결혼을 염두에 두고 하는 말 같았다. 어머니는 이 순간에도 수현만큼은 놓치고 싶지 않은 듯, 어머니는 용석의 눈치를 살피면서 말했다.

"네~에?"

의사의 양 눈썹이 일그러지며 어머니를 향해 눈을 치떴다. 어머니의 질문은 조금 생뚱맞긴 했다. 의사는 입가에 엷은 미소를 흘리며 말했다.

"우선 아무 지장이 없다는 것을 말씀드릴 수가 있고요."

어머니를 안심시켜놓고 용석의 얼굴에 시선을 고정시켰다.

"성욕은 직접 대뇌의 영향을 받으며 성행위 관련도 대개 요추 1, 2번과 천추 신경이기 때문에 환자분이 수술받게 될 3, 4번 요추와 그 사이에 있는 디스크와는 아무런 상관이 없습니다. 오히려 성관계 시 엄청나게 분비되는 엔돌핀은 수술 후 간헐적으로 올 수 있는 허리 통증을 완화시키는데 도움이 될 겁니다."

의사는 말을 마치고도 용석의 얼굴에서 시선을 떼지 않았다. 그 부분만큼은 자신감과 확신에 차 있었다. 굳은 표정으로 듣고 있던 어머니의 얼굴엔 입꼬리가 살짝 당겨지며 안도의 빛이 감돌았다. 용석은 그런 어머니의 표정을 보자 가슴이 먹먹해졌다. 두 다리를 잃은 장애인에게 남겨진 성욕이나 성기능이 무슨 쓸모가 있단 말인가, 수현을 붙잡을 용기도 행복하게 해 줄 그 무엇도 자신에게는 없었다.

여자는 주방 일을 다 마쳤는지, 휠체어 앞으로 다가왔다. 여자의 손에는 고무망치가 들려있었다. 얼굴에는 화장발 아래에서 땀이 배어 나와 번들거리고 있었다.
"이제부터 다리 마사지를 할 겁니다."
여자는 신경이 끊어진 용석의 두 다리를 들고 있던 '고무망치'로 가볍게 툭툭 쳤다. 그러자 휠체어에 대롱대롱 걸쳐져 있던 두 다리는 맥없이 흔들거렸다. 전류가 흐르지 않은 패전선 같은 다리지만 혈액순환은 시켜줘야 한다고 했다. 혈액순환마저 끊기면 바로 괴사가 일어난다고 했다.
"지난번 돌보미는 어떻게 했어요?"
"…."
용석은 대답하지 않았다, 지난번 지적장애 돌보미 얘기는 하고 싶지 않았다. 생각하기도 싫었다. 흰 속옷과 청바지를 세탁기 안에 함께 넣고 돌려 푸른색 일색으로 만들어놓고 민망함인지 미안함인지 히죽거렸던 것이 떠올랐다. 말을 않는 게 좋을 것 같았다. 여자도 굳이 대답을 요구하지 않은 듯 동작을 시작했다.

여자는 휠체어를 밀고 침대가 있는 방으로 갔다. 용석은 갑자기 어린애가 된 듯 몸을 맡기고 여자를 물끄러미 바라보고만 있었다. 여자는 겨드랑이 사이로 팔을 끼어 용석을 들어 침대 위에 눕혔다. 용석도 몸을 웅크렸다. 여자의 힘을 줄여주고 싶었다.

여자는 상대를 옮기고 내리고 하는 일에 이력이 난 듯 손놀림이 매우 익숙했다.

"돌보미 선생님은 이런 일을 오래 하셨나 봐요?"

용석이 여자를 올려다보며 말을 했다.

"네."

여자가 시선을 피하며 짧게 대답했다, 다시 침묵 속으로 빠져들었다. 용석은 돌보미를 부르면서 뒤에다 선생님이라는 경어를 썼다. 그것은 꺼져버린 자신의 육체에 생명력을 불어넣어 주는 사람에 대한 최소한의 예의 표시이며, 스스로 선을 지키고자 하는 마음의 다짐 같은 것이었다. 혹은 자칫 하찮게 여겨질 수도 있는 일에 자긍심을 부여해 주고 싶은 고마움의 표시이기도 했을 터였다. 여자는 능숙한 동작으로 마사지를 시작했다. 두 다리를 교차로 구부리고 펴고를 반복하다 툭툭 두드리기도 하고, 손끝에 힘을 실어 누르고, 두 손바닥으로 다리를 감싸고 주무르기도 하면서 굳어져 가는 용석의 몸에 생명을 불러일으키고 있었다. 돌봄을 넘어 물리치료 수준이었다.

용석은 이따금 눈을 들어 여자를 쳐다보았다. 여자의 이마에선 진득하게 땀이 배어 나오고 있었다. 여자도 간간이 용석을 바라보다 서로의 눈빛이 허공에서 부딪치기도 했다. 그럴 때 여자는 시선을 돌려 창가 쪽을 바라보다가, 천정을 올려다보기도하면서 시선이 흔들렸다. 가까이에서 본 여자의 눈은 초식동물처럼 선해 보이기도 했고 옆으로 보일 때는 페르시아종 고양이 눈처럼 관능적이기도 했다.

"나에게도 용석 씨 같은 장애아들이 있었죠."

여자가 무거운 침묵을 걷어내듯 말을 꺼냈다.

"네에?"

용석도 놀라 눈을 반짝이며 여자에게로 시선을 꽂았다. 어색한 침묵이 사라지고 동질감 같은 게 두 사람 사이에 끼어들었다.

"제 아이는 용석 씨처럼 중도 장애가 아닌, 태어날 때부터 장애로 태어났죠, 뇌병변이었어요."

여자는 좀체 밝히고 싶지 않은 사실을 털어놓은 듯 천천히 말했다.

"아, 그러면 아드님은 지금…."

용석은 갑자기 가슴이 울컥해지고 여자의 아들이 궁금했다. 동병상련 같은 친밀감일까?

"14년을 돌보아왔는데 결국 하늘나라로 갔어요. 제 작년에요."

여자는 아이가 떠나자 갑자기 남아도는 시간을 주체하지 못해 우울증에 시달리다 이 일을 하고부터 조금씩 안정을 찾았고, 이미 몸에 박힌 돌봄 일을 묵히지 못하고 소일도 할 겸 하고 있다고 쉬엄쉬엄 덧붙였다.

여자는 말을 하는 동안 내내 용석에게서 시선을 피했다. 손놀림만 점점 탄력적으로 움직이고 있었다. 손에 힘을 실어 움직일 때마다 손등에서는 파란 정맥이 깨나 불끈거렸고. 고운 얼굴에 비해 세월의 거친 바람을 손으로 견뎌온 듯 마르고 거칠어 보였다. 동작에 따라 미세한 바람이 일 때면 여자의 화장품 냄새와 엷은 땀 냄새가 코끝에 스쳤다. 끄지 않은 CD플레이어는 무한 반복되며 소리를 재생시키며 공간을 채우고 있었다.

오 년 전, 용석은 수술대 위에 누워 마취의 효능으로 고통을 잊은 채, 날카로운 메스에 의해 엉겨 붙은 뼈를 잘라내고 인공뼈로 치환하는 수술을 받던 날이 떠올랐다. 육체는 불구가 됐지만, 수술은 성공적이었다. 몸의 절반의 기능을 상실했다. 그래도 생명을 부지하는 데는 아무런 지장이 없다고 했다. 회복실로 가기 위해 이동침대로 옮겨졌다, 링거 줄을 어지럽게 달고 허리는 보조기로 고정되어 있었다. 남자 간호조무사 2명이 달려들어 용석의 침대를 밀고 수술실을 나오자 복도에 수현이 기다리고 있었다. 용석의 그런 모습을 보자 그녀는 파랗게 질렸다.

　수현은 대학야구 시절 후배의 주선으로 단체미팅에서 만나 그때까지 만남을 이어오고 있는 사이였다. 용석은 수현을 보자 갑자기 가슴이 공허해졌다. 함께 꿈꾸어왔던 미래가 사라져버린 상실감과 허망함 같은 감정이 가슴을 훑고 지나갔다. 수현의 손에는 안개꽃에 싸인 장미 다발이 들려있었다. 의사의 손에 달려있던 생사의 기로를 벗어나자, 사랑의 선택권은 수현에게로 넘겨진 것 같았고, 선택과 버림만이 또 용석을 기다렸다. 용석은 아쉽지만, 이별만 생각했다. 진정한 사랑의 의미를 되새겨야만 했다. 수현을 붙잡으려는 욕망은 지극히 이기적인 술수이거나, 외로운 영혼의 허망한 몸짓에 불과할 지도 모를 일이다. 무력해진 젊음이었고, 자신에게 남겨진 시간이란 인간무리에서 이탈되어 펼쳐지지 않은 낙하산을 안은 채 추락하는 위태로운 시간들뿐이었다.

"오빠! 오빠에게 왜? 이런 일이…."

그 한마디를 내뱉으며 수현은 용석의 손을 꼬옥 쥐었다. 수현의 목소리는 떨렸다. 용석도 수현의 손을 잡았다. 자주 잡았던 손이었지만 지금 이 순간만큼 따스함이 가슴 깊이까지 전해진 적은 없었다. 신선한 감동이 머리로 가슴으로 훑었다. 용석을 침대로 옮겨놓고 난 다음 간호사가 말했다.

"좀 있다 마취가 풀리면 많이 아플 수도 있어요, 참기 힘들 정도로 아프면 여기 인터폰을 누르세요. 간호사실과 연결되어 있거든요."

수현과 용석은 간호사를 바라보며 새기듯 경청하고 있었다. 간호사의 목소리는 건조했다. 지극히 업무적이었다. 말을 마치고 간호사는 서둘러 병실을 나갔다. 침대 머리 앞에 서 있던 수현이 물었다.

"오빠, 지금 어때? 아파?"

수현의 목소리는 젖어있었다.

"아니 견딜 수 있어, 아프지 않아."

용석은 정말 수현이 곁에 있어 아프지 않았다.

마취가 주는 환각과 수현의 등장이 주는 흥분은 절묘했고 행복했다. 그날부터 수현은 병실을 지켜주었다. 수현은 용석을 화장실까지 부축해 가기도 했고, 누울 때면 침대 머리맡에서 손바닥으로 등을 받쳐 서서히 몸을 뉘어주곤 했다. 몸을 수그려 등을 안을 때마다 쇄골 아래 젖무덤에서 피어오르던 내밀한 체취, 여자의 몸이라는 게 이렇게 포근하고 향기롭구나, 죽어도 잊을 수 없는 그 향기에 영혼을 잠식당한 채 무구한 나날이 지나갔다. 이별을 시한폭탄처럼 안고 영원히 되돌아갈 수 없는 달콤하고도 짧은 시간 여행이었다.

용석의 수술 자국이 희끄무레하게 아물어가고 퇴원을 앞둔 어느 날 수현이 찾아와 말했다.
"오빠 나 이제 학교는 잠시 휴학하고 호주로 나가 있을까 봐, 어학연수지 뭐."
발라드 가수 '이수영'의 신곡 앨범 4집을 안고 와서 수현은 사실상 이별을 통보했다.
"됐어! 어렵게 에둘러 말할 것 없어 난 이미 예상했던 일이야 그래 가! 마음 편하게 가!"
용석은 조금 짜증을 부렸지만, 수현의 마음을 되돌리지 못했고 영원한 이별의 순간은 그렇게 짧았다.
수현은 그렇게 이수영의 신곡 앨범과 자신의 환영만을 남겨 놓은 채, 용석의 곁을 떠났다. 용석은 온몸에서 뭔가 뭉텅 빠져나가는 것 같은 허탈감을 또 한 번 맛보아야 했고, 마지막 지푸라기라고 여겼던 수현과 인연의 끈도 맥없이 내려 놓아야 했다. 무엇보다 어머니의 상심이 컸다. 어머니의 상심 앞에 용석은 눈물도 마음 놓고 흘릴 수 없었다.

　수현이 주고 간 CD집은 랩, 힙합, 발라드, 등 다른 가수들의 곡까지 모든 장르가 망라되어 수록된 특집 앨범이었다. 긴 이별의 상징처럼 오래도록 지겹지 않게 들을 수 있도록 풍성하게 담겨있었다. 이별 선물…? 음악은 수현의 빈자리를 채워주었고 넋을 잃고 음악 속으로 빠져들었다. 운명을 향해 끓어오르던 분노도 배신감도 발라드는 차분하게 가라앉혀 주었다. 그리고 그 긴 사랑의 쉼표는 지금도 진행 중이다. 바보 같은 기다림은 화석이 되었지만, 수현과 사랑에 마침표를 찍기는 정말 싫었다. 수현은 차갑게 돌아섰지만, 용석은 수현을 텅 빈 가슴에 환영으로 묻었다. 무가치한 삶 속에서 수현은 한 줄기 희미한 빛이었다. 그렇게 터무니없는 짜증을 부린 것도 실은 과장된 모션에 불과했었다는 것을 수현을 보내고서야 용석은 알아차렸다. 운명의 내비게이션은 용석을 벼랑으로, 벼랑으로 내몰았다. 추락의 끝에 닿으면 다시 튕겨 오를 수 있을까?,

　환취로 남아있던 수현의 체취가 이 순간 뭉실뭉실 피어올라 여자로 환치되고 있었다. 용석의 몸이 꿈틀거리기 시작했다. 여자는 벽 한쪽에 붙어있는 시계를 흘끔거리며 시간을 확인했다. 오후에는 다른 캐어 대상을 만나러 가야 한다며 서둘렀다.

"밥솥에 밥을 안쳐 놨으니 다 되면 드시고요 된장찌개 끓여 놨어요. 먹고 남으면 꼭 냉장고에 넣어둬야 다음 끼니때까지 상하지 않을 거예요."

순간 용석의 마음 가운데에서 야릇한 감정이 출렁거렸다.

다른 케어 대상을 만나러 가야 한다는 말이 오래도록 지워지지 않는다. 여자의 손길이 닿을 다른 대상이 그려지듯 떠오른다. 무의식의 자아 속에 내재되어 있던 독점하고 싶다는 욕망이, 회오리바람처럼 격렬하게 솟구쳤다. 용석은 현관문을 나서는 돌보미를 향해 여느 때처럼 '수고하셨습니다. 안녕히 가십시오.' 따위 인사도 하고 싶지 않았다. 아무 말도 하지 않고 여자를 보냈다. 여자가 남기고 간 부드러움과 체취는 암고양이처럼 웅크린 채 용석의 작은 공간에 고여 있었다. 용석은 오래 느끼고 싶지 않았다. 잡을 수도 없고, 만질 수도 없는 거품 같은 여자의 아우라를 몰아내 버리고 싶었다. 휠체어를 밀고 거실과 안방을 돌며 빠끔히 열려있던 창문을 모두 활짝 열어젖혔다. 뜨거운 태양은 아파트의 정수리를 비껴 나서 비추고 있었다. 싱크대 위에 전기밥솥에선 김이 세차게 뿜어 나오고 뚝배기에 된장찌개가 가득 끓여져 있었다. 베란다에는 용석의 낡은 트레이닝복이 묵은 때를 벗고 투명한 햇볕과 바람에 말라가고 있었다.

 한낮의 더위가 한풀 꺾이자 서늘한 저녁 바람이 창가를 스친다. 머리가 맑아진 느낌이다. 이 기분을 오래 지키고 싶다. 용석은 산책하러 집을 나섰다. 전동휠체어에 앉아 엘리베이터에 들어서자 위층에서부터 타고 내려온 것 같은 태권도복 차림의 초등학생이 한쪽 구석으로 비켜서며 용석을 노려보았다. 경멸에 찬 눈길이란 걸 습관적으로 느낀다. 입구에서 엘리베이터가 멈추자마자 초등학생이 휠체어 앞을 가로질러 먼저 내렸다. 용석도 출입구 밖으로 나왔다.

 동간이 짧은 단지 마당은 아파트의 몸체에 가려진 부분과 건물 그림자를 벗어난 위치에 따라 명암이 나뉘어있었다. 밝거나 어슴푸레했다. 재활용 비닐봉투가 찢겨진 채 바람에 나부꼈다. 안에서 빈 캔과 우유팩들이 빠끔히 얼굴을 내밀었다. 음식물 수거함 주위를 왕파리 몇 마리가 윙윙거리며 배회하고 있었다. 밤이면 이곳은 길고양이들의 생존의 각축장으로 변한다. 비닐조각들이 여기저기 흩어져 어디로 불려갈지 들썩이고 있었다. 산들바람이 나뭇잎을 흔들고 지나가자 텁텁한 냄새와 흙먼지가 섞여들었다.

 용석은 사람들의 시선을 피해 후문 쪽으로 휠체어를 몰았다. 한낮의 맹렬함을 잃고 작아진 해가 산등성이에 걸려있었다. 주위에 넓게 퍼진 빛에 하늘이 발갛게 보였다. 깨진 보도블록 사이로 돋아난 풀포기에 휠체어 바퀴가 걸릴 때마다 휠체어가 요동쳤다. 용석도 함께 흔들렸다.

경로당 앞 벤치에는 더위를 피해 나온 노인들이 삼삼오오 앉아 있었다. 서로 무슨 말인지 합죽한 입을 오물거리는 노인도 있었고 먼 산만 우두커니 바라보는 굳은 표정의 노인도 보였다. 하나같이 무기력한 얼굴들이었다.

길 양옆으로 늘어선 나무들은 갈증을 호소하듯 늘어져 있었다. 보도블록이 깔린 길이 미처 끝나지도 않았는데 인공으로 만들어놓은 듯한, 야트막한 언덕이 앞을 가로막고 나타났다. 노간주나무, 산벚나무, 때죽나무, 배롱나무, 등 조경수들이 울울하게 서 있는 것으로 보아 인공으로 조성해놓은 게 분명해 보였다. 울울한 나무들 사이로 스며드는 햇빛은 굴절 작용으로 무지갯빛을 띠었다. 그 너머로 타운하우스들이 어깨를 걸고 숲속의 성처럼 고요하고 정숙하게 앉아 있었다. 용석은 기분이 씁쓸했다. 휠체어를 그대로 돌리려다 말고 길을 바꾸어 아파트단지를 끼고 돌아오는 길을 택했다. 휠체어를 되돌리기엔 열패감이 너무 컸기 때문이다. 방향을 틀자 앞에서 비추던 빛이 뒤로 숨었다. 등 뒤에서 어리비치는 석양의 햇살이 견딜

만했다.

아파트 정문 앞에 이르자 앞동 307호 젊은 여자가 포장마차를 밀고 구부러진 길을 따라 내려가고 있었다. 밤 장사를 나가는 모양이었다. 오랜 신장염으로 병석에 누운 남편을 대신해 생계를 짊어진 여자였다. 여자의 남편은 제 기능을 못하는 신장 때문에 얼굴 색이 새까만 채 가끔 아파트 마당에 나와 앉아 있기도 했다.

해 질 녘의 나른한 햇살이 드리운 기다란 그림자를 밟으며 깨진 보도블록들을 이리저리 피해 가고 있었다. 용석은 휠체어에 앉아 물끄러미 여자의 뒷모습을 바라보았다. 포장마차는 그의 삶의 무게만큼 무거워 보였다. 그 뒤를 따라 각종 박스와 재활용품을 가득 실은 리어카가 '고향재활'이란 집하장 쪽을 향해 내려가고 있었다. 사람은 보이지 않고 각기 다른 로고의 운동화 두 짝이 교차로 움직이며 박스 더미가 기어가는 것 같았다. 먹잇감을 끌고 가는 개미의 모습이 떠올랐다. 개미는 자기 몸보다 몇 배나 더 큰 먹잇감도 끝까지 놓지 않고 끌고 가는 생존본능이 있다고 했다. 집하장 입구에서 리어카가 멈추더니 숙성된 토마토같이 얼굴이 빨간 노인이 앞에서 나왔다. 노인은 땀에 찌들어 노리끼리한 수건 끝자락으로 얼굴에 흐르는 땀을 훔쳤다.

"할아버지 오늘은 웬일로 한가득 모았네요."

집하장 안에서 주인 여자가 나왔다.

"며칠 전부터 모아놨던 거야, 아, 글쎄 길고양이 놈들이 비닐봉투를 발기발기 헤집어 놨지 뭐야!"

노인은 허접한 잇몸을 드러내고 '으르렁' 대는 표범 같은 표정을 보였다. 노인이 싣고 온 재활용 폐지는 온통 로고가 그려진 박스였다. 박스마다 회사의 얼굴인 로고들, 일러스트의 아이디어와 손끝에서 태어난 자본주의의 표상들, 그러나 이제 제 기능을 마치고 버려지는 현장을 보자 용석은 형언하기 어려운 감회가 일었다. 제 기능을 다 마치고 사라져가는 것들에 대한 아쉬움 같은 것이랄까, 휠체어를 돌려 아파트 정문 쪽으로 향했다. 정문으로 휠체어 서너 대가 줄지어 들어서고 있었다. 이곳 사람들이 하루를 마감하는 시각이다.

비가 내린다. 어제부터 내린 비는 그치다 내리다를 반복하면서 간헐적으로 이어졌다. 장마가 시작되러나? 용석은 PC 앞에 앉아 미뤄놨던 작업을 다시 시도했다. 데스크의 달력을 쳐다보았다. 마감 날이 코앞이었다. 일러스트 파일을 열었다. 하다 만 상태로 화면에 나타났다. 하트 안에 신랑 신부의 캐리커처를 그려 넣어 보았다. 청첩장에서 웨딩 분위기와 격이 느꺼지지 않았다. 직선과 곡선만으로 심플하고 모던하게 해달라고 했던 김 매니저의 말이 떠올라 삭제시켰다. 그리고 직선과 곡선을 써서 둥지와 그 위에 두루미인지 원앙인지 얼핏 보아 식별이 쉽지 않게 서로 끌어안고 있는 형상을 실루엣으로만 표현을 했다. 용석은 고개를 들어 갸웃거리며 주의 깊게 관찰했다. 일단은 추상적이고 깔끔하게 보였다.

 이 일을 마무리해 주면 돈 이십만 원 남짓을 손에 쥐게 될 것이다. 밀린 관리비 내고 병원비에 쓰고 나면 돈은 떨어지는데 언제 또 일이 들어올지 기약은 없었다. 막연한 불안감이 먹구름처럼 몰려온다. 용석은 떨쳐내고 싶었다. 휠체어에 앉은 채, CD장을 뒤져 비트가 강하고 랩도 빠른 힙합 곡을 골라 플레이했다. 드렁큰 타이슨의 5집 앨범에 수록된 cbmass의 불꽃, 비트가 강한 만큼 실내를 쾅쾅 울리며 금방 분위기를 띄웠다.
 용석은 눈을 감고 음악 속으로 빨려들었다. 환상에 영혼을 맡기는 방법이다. 현실을 이탈해 유토피아로의 여행이 시작되고. 그곳에서 어머니를 만난다. 야구팬들의 갈채와 함성도 재생되고, 수현과 함께했던 수많았던 시간들이 줄줄이 스쳐간다.

'띵똥'

'누구일까? 아차, 오늘이 도우미 선생님 방문할 날이지.'

사운드의 볼륨을 낮추고 현관문을 열었다. 문밖에서 물기를 머금은 습한 바람이 쏟아져 들어온다. 여자의 향긋한 화장품 냄새와 비릿한 비 냄새가 훅, 코끝에 끼쳤다.

"아, 예 어서 오세요."

용석은 휠체어에 앉아 여자의 방문을 익숙하게 맞고 있었다. 얼굴에서 오랜만에 미소가 묻어났다. 외로움이 뼛속까지 스민 탓일까, 매번 여자의 방문은 용석의 무기력한 일상에 활력을 주었다.

현관문을 닫고 들어선 여자는 물이 흠뻑 젖은 우산을 접어 현관 벽에 세워놓았다. 입고 온 보라색 우의도 벗어 신발장 문고리에 걸었다. 우산과 우의에서 떨어진 물이 현관 바닥을 흥건하게 적셨다.

"별일 없었어요? 아침 식사는 했어요?"

여자의 경쾌한 목소리는 눅눅한 공기 사이를 스며들지 못하고 떠다녔다. 여자는 주방, 안방 등, 이곳저곳을 눈으로 살폈다. 그리고는 손가방에서 앞치마를 꺼내 입었다.

용석은 PC 앞으로 다가가 등을 돌린 채 모니터를 들여다보았다. 가슴이 두근거린다. 눈을 감고 지그시 감정을 누른다. 그러다 고개를 돌려 싱크대 쪽을 흘끔 바라봤다. 여자는 개수

대 물소리에 취해 있는 듯 설거지에 열중한 모습이었다. 여자의 작은 두 어깨 사이로 흘러내리고 있는 곧은 척추, 그리고 척추가 끝나는 곳에 통통하게 도드라져 보이는 엉덩이의 볼륨감, 용석은 갑자기 숨이 차올랐다. 여자에게서 풍겨오던 화장품의 향이 희미하게 코끝에서 되살아났다. 눈을 들고 창밖을 응시했다.

쏟아지던 빗줄기를 피해 까만 길고양이 한 마리가 에어컨 실외기 밑에 웅크리고 앉아 있었다. 길고양이도 비에 젖은 코발트색 눈동자로 용석을 응시했다. 빗줄기에 씻겨 내린 나뭇잎 새 사이로 바람이 스치자 짙은 녹색의 잎들은 우드득, 물방울을 털었다. 빗줄기는 멎었지만, 하늘에는 여전히 잿빛 구름이 낮게 드리워 있었다.

"선생님, 저 커피 한 잔 주시겠어요?"

용석은 고개를 돌려 여자의 등 뒤에 대고 커피 한 잔을 부탁하며 말을 걸었다.

"네~에."

여자가 뒤를 돌아보며, 주전자에 물을 받아 렌지 위에 올리고 버튼을 돌리는 소리가 들린다.

'치 치칙, 칙칙' 주전자 귀에서 하얀 증기가 뿜어지고 물이 끓는다. 여자는 커피 봉지를 찢어서 컵에 쏟아 넣고 물을 부어 휘젓는다. 쟁반에 올려들고 용석 쪽으로 다가온다. 아이에게 간식 날랐던 걸 떠올린다. 아이도 목이 뒤틀려진 채 무의지적으로 흔들어대던 머리로 컴퓨터를 켜놓고 열중하곤 했었다. "자 커피 드세요" 여자는 책상 옆으로 와서 커피쟁반을 놓으며 용석을 불렀다. 용석이 컴퓨터모니터에서 눈을 떼고 고개를 돌려 여자를 바라보자 두 시선이 미묘하게 부딪쳤다. 정작 커피는 쳐다보지도 않은 채 용석의 눈빛은 여느 때와 달리 애욕에 사로잡힌 듯 열목어의 눈처럼 충혈되고 몽롱했다. 여자는 직감적으로 느끼고 움찔거렸다.

"저, 선생님!"
용석이 낮게 깔린 음성으로 여자를 불렀다. 목소리는 갈망과 애원으로 촉촉이 젖어있었다. 여자가 당황하고 뒤로 물러서려는 순간, 용석의 오른팔이 여자의 목을 감아 쓰러뜨렸다. 그것은 너무도 짧은 한 찰나였다. 용석과 휠체어가 뒤집어지고. 여자도 조여 오는 용석의 팔을 걷어내려고 안간힘을 썼다. 그럴수록 용석의 두 팔은 완강했다. 흡사 괴력이 실린 차력사의 팔 같았다. 거친 욕망은 성난 파도처럼 밀려들었다. 용석의 흐트러진 숨소리와 함께 뜨거운 열기가 여자의 얼굴 위로 쏟아져 내리고, 욕망에 사로잡힌 육체는 이미 이성의 통제를 벗어나고 있었다. 현실을 이탈해 욕망의 쾌락 속으로 빠져들어 가고 있었다. 용석의 덜렁거리는 두 다리는 상체의 움직임에 따라 반동 작용처럼 흔들렸다.

그 옆에 모로 뒤집혀 있는 휠체어의 바퀴는 서서히 회전을 멈추고 그대로 서 있었고. 나동그라져 있는 커피잔 너머로 검은 커피가 화가의 그리다 만 추상화처럼 쏟아져 있었다. 시간은 그대로 태고의 동굴 속에 갇혀 버렸다.

창밖에는 세찬 장대비가 다시 쏟아지기 시작하면서 유리창을 후려쳤다. 긴 시간 동안 농축되고 응축된 욕망의 찌꺼기들은 거대한 에너지와 함께 용암처럼 분출되고, 나서야 격랑의 바람이 잦아들었다, 용석의 텅 비어버린 육신 속으로 허무가 밀려들고 있었다. 후회와 공포가 뒤따라왔다. '아~ 아, 이것은 분명 죄악!' 용석은 머리를 움켜쥐었다. 벼랑 아래 낭떠러지로 굴러떨어지고 있는 자신을 발견했다. 한순간의 제어되지 않은 욕망이 용석을 끝을 알 수 없는 절망의 늪으로 몰고 갔다. 영혼이 분절되어 떠다닌다.

여자가 일어나 욕실 문을 열고 들어가는 게 용석의 흐릿한 의식으로 느낄 수 있었다. 샤워기의 물소리가 빗소리와 섞이기 시작했다. 굵은 빗줄기가 세차게 창문 위로 흘러내리고. 돌풍에 창문이 덜커덩거렸다. 현관문이 열리더니 여자의 실루엣이 사라졌다. '우르릉 쾅! 쾅! 쾅! 우르릉, 쾅!' 벼락이 대지를 침몰시킬 듯 내리쳤다.

'여성장애인 돌보미가 상대 장애 남성에게 성폭행당하는 사건이 발생했습니다. 성폭행 사건이 발생했습니다. 성폭행….'

양심의 울림이 가슴을 훑으며 들려왔다. 커다란 울림은 용석의 몸을 붕괴시키고 터져 나왔다. 용석은 두 손으로 얼굴을 감싸 쥐었다. 차라리 꿈이었으면. 깨어나면 현실로 되돌려질 꿈이었으면…. 그러나 분명 꿈은 아니었다. 흐트러져있는 작은 거실, 여자의 손가방과 앞치마가 널브러져 있었고 욕망의 광풍을 몰고 왔던 용석의 남성은 애벌레처럼 쪼그라들어 원시의 풀숲에 엎드려 있었다. 여자의 보라색 우의도 그대로 신발장 손잡이에 걸려있었다. 장대비 속으로 가고 있을 여자를 떠올렸다. 용석은 점점 죄의식에 사로잡혀가고 두려웠다. 휠체어를 찾았다. 분신처럼 자신의 일부가 되어버린 휠체어에 얼굴을 묻었다. 우르릉 쾅, 쾅! 천둥소리가 가까이서 들려왔다. 섬광이 유리창에 번뜩거렸다. 더 깊숙이 얼굴을 묻었다.

다이아몬드, 그 화려함의 연민

다이아몬드, 그 화려함의 연민

따사로운 봄 햇살 사이로 한기 품은 살바람이 유영하듯 스친다. 정민은 스산한 표정을 지으며 옷깃을 세운다. 며칠 동안 환절기 감기몸살을 심하게 앓은 터라. 틈입해 들어오는 바람이 오한을 다시 불러올 것만 같다. 정민이 백화점 앞에 멈추어 서자. 체리핑크의 트랜치코트를 걸치고 단아한 자태로 서 있는 팔등신 마네킹이 먼저 시선을 붙든다. 봄의 여신인 듯 화사하게 걸치고 있는 트랜치 코드에서 싱그러운 체리 향이 그대로 전해지는 것 같다.

그 옆으로 자리를 잡은 홍보관 안에도 까만 윤기 흐르는 항아리가 놓여있다. 항아리에는 채도 높은 노란 개나리가 소담스럽게 담겨 있었다. 봄 햇살을 듬뿍 받고 물기 머금은 듯, 잎새에서 봄의 생동감이 꿈틀거렸다. 조화들이지만 봄의 색채를 그대로 전하고 있었다. 도시의 봄은 백화점에서부터 시작된다더니···.

 정민은 모처럼의 외출에 주의의 변화가 생경스럽고 낯설게 느껴진다. 무겁고 커다란 유리문을 몸으로 밀고 안으로 들어섰다. 유리벽을 투과해 들어온 빛과 온기가 정민의 얼굴을 감싼다. 안온하게 느껴진다.

 백화점 안이 부산스러웠다. '혹시 봄맞이 정기 세일기간인가, 그런 것 모르고 왔는데.' 정민은 혼자서 묻고 대답한다.
 우윳빛 조명 아래 젊은 여성들의 모습은 홍보관 안의 마네킹과 별반 다르지 않았다. 연노랑 트랜치코트 차림이거나 그물망 스타킹에 반바지를 받쳐 입고 시스루 망토를 두르고 칼힐을 신고 매대 사이를 산책하듯, 여유롭게 거닐었다. 정민은 목덜미에서 열기가 느껴졌다. 아까 세워놓았던 깃을 내리고 알파카 재킷 앞단추를 풀었다. 겨울을 벗어버리지 못하고 봄 가운데 들어와 있는 느낌이다.
 저만치 매대 사이로 난 에스컬레이터에는 사람들이 가득 실려 내려오고 있었다. 줄을 이루며 개미들의 행렬처럼 보였지만 실은 사람들의 표정은 하나같이 기분 좋게 쇼핑하고 나오는 표정들이 아니었다. 무언가 알 수 없는 것에 영혼을 **빼앗**기고 텅 비어버린 머리처럼 멍청한 눈빛들이었다. 손에는 쇼핑백 같은 게 들려있지 않았다. 정민은 전과 다른 분위기가 의아했지만 적응하지 못한 자신의 탓이라고 돌렸다.

 올라가는 에스컬레이터를 타기 위해 매대 사이를 돌아 뒤로 걸어갔다. 그쪽 방향으로 가는 사람들은 내려가는 대열들과는 달리 들떠 보였고 기대에 찬 상태 같았다. 눈 아래 현란하게 펼쳐져 있는 귀금속이나 화장품코너 앞을 그냥 지나쳐 자석에 끌리 듯 에스컬레이터 앞으로만 곧장 걸어가고 있었다. 그 사이에서 에스컬레이터는 힘에 겨운지 느리게 꿈틀거렸고 사람들은 조급해했다. 위층에서 지금 무슨 특별행사가 벌어지고 있는 것일까?

 며칠 전, 정민의 쉰여섯 번째 생일 때, 딸애가 생일선물이라며 상품권 한 장을 내밀었다.

 "엄마 이걸로 옷이나 사 입어, 봄에 맞춰 화사한 걸로 꼭."

 딸애는 신신당부까지 했다. 남편이 은퇴한 이후로 상품권 같은 건 구경도 못 했는데, 고마운 마음에 얼른 받아서 귀중품처럼 서랍장 안에 넣어두었던 것을 꺼내 들고 나왔다.

 정민은 소품코너에서 상품을 진열하고 있는 종업원에게 다가가 물었다. 종업원은 40대 중반쯤으로 백화점 근무복을 입었지만, 옷매무새가 세련돼 보이지는 않았다.

 "위층에 무슨 행사가 있나요?"

 정민은 목소리를 낮추어 물었다. 그 중년의 여자는 말없이 정민을 아래위로 훑었다. 힘이 들어간 눈알이 아래위로 오르내렸다.

"문자 연락을 받고 오신 거 아녜요?"

한참 만에 돌아온 대답이었다. 문자를 받고 왔건, 안 받고 왔건 그게 뭐 그리 대수라고, 정민은 불쾌했지만 그대로 드러낼 수는 없었다.

"오늘 오신 고객들은 거의가 다 트리니티(Trinity) 회원이신데."

여자가 침묵을 지키고 서 있는 정민을 향해 이번에는 신분을 가르는 말을 뱉었다. '문자 연락을 못 받았으면 부자 고객이 아닌데 왜 왔냐?'는 배거리였다. 정민은 어떻게 이런 여자가 서비스 분야에서 일하고 있는지 고객을 왕으로 대해야 하는 백화점 영업방침과는 어울리지 않는다고 생각하면서도 다음 말을 기다리며 꾹 참고 바라만 보고 있었다. 여자는 다시 한번 정민을 흘겨보더니 말했다.

"오늘부터 7층 명품관에서 왕년의 헐리우드 스타 엘리자베스테일러의 다이아반지를 트리니티 고객들에게만 선보이는 중이에요. 행사 기간은 이번 달 18일까지고요. 밀려들 인파를 의식해 백화점 측에서 일부러 온라인 홍보를 하지 않고 트리니티 고객들에게만 문자로 쏘았대요."

여자가 정민의 표정을 읽은 것일까, 아까보다는 조금 부드러워진 음성으로 말했다. 정민은 초대받지도 않았는데 우연찮게 그 대한민국 1%의 상류층들만이 누린다는 귀족(트리니티) 고객 특혜를 누리게 된 셈이었다. 정민도 불쾌했던 감정이 사그라지고 그 엘리자베스의 다이야반지란 말에 가슴에서 묘한 흥분이 일었다.

미와 사랑의 여신, 리즈의 다이아반지라니, 그 마법의 돌은, '사랑을 영원히'라는 뜻을 가졌지만 때로는 사랑을 변질시키기도, 때로는 사랑의 맹세를 깨뜨리기도 하는 다이아몬드는 가히 마녀의 보석임에 틀림 없지만, 여자들은 분별없이 매료되고 만다. 더군다나 세기의 스타 엘리자베스테일러(Elizabeth Taylor)의 채취가 배인 다이아몬드 반지를 대한민국 백화점에서 만나게 되다니…. 헐리우드와 엘리자베스 테일러가 바로 지척에 와 있다는 기분이 들었다. 학창시절 스크린을 통해서만 보았던 리즈, 정민은 실감이 나지 않아 멍하니 서 있었다. 정민을 바라보고 있던 여자 점원이 다시 말했다.

"리즈가 그의 다섯 번째 남편에게 받은 엘로우 골드 링에 다이야 8.24캐럿 구루비가 얹어진 반지인데. 이 백화점 재벌이 미국 뉴욕 크리스티 경매에서 57억에 낙찰받았대요."

상대가 모르는 정보를 아는 체 하고 싶은 과시욕구가 발동을 했는지 묻지도 않았는데 여자의 리즈의 다이아반지에 대한 설명은 장황했다.

"올라가 한 번 구경이나 해 보세요."

종업원은 마치 자신이 보석의 주인이라도 되는 양 선심 쓰듯 갑질을 했지만 여자의 말 중에서 정민이 알아들을 수 있는 단어는 몇 되지 않았다. 8.24캐럿짜리 다이아를 본 일이 없어서 상상도 되지 않았다.

다이아를 떠올리다 문득 데칼코마니처럼 수진이 생각났다. 다이아처럼 맑고 영롱한 친구 수진, 연락이 끊긴 지 꽤 오래되었지만 늘 잊어지지 않는 친구다, 아니 결코 잊을 수 없는 친구, 참새를 닮아 입방아 찧기를 잘하는 미옥도 요즘은 수진의 소식을 물어오지 않는다. 수진은 지구마을 어딘가에서 여전히 화려한 삶을 이어가고 있을까, 수진은 대학시절 그 찬란했던 5월에 삼라만상에서 피어난 화려한 꽃들과 함께 여왕의 자리를 차지한 친구다.

5월의 여왕 선발 대회는 지금은 여러 가지 문제를 야기하고 여성의 외모를 상품화한다는 논란 속에 추억의 뒤편으로 사라졌지만, 우리가 재학했던 그 시절엔 해마다 5월이면 성대하게 치러진 축제였다. 교내 행사였음에도 오월의 퀸이 탄생되는 순간을 취재하러 몰려든 언론사 취재 경쟁으로 분위기가 후끈 달아오르곤 했다. 그중에서 선발된 여왕은 수많은 언론사 사진 기자의 카메라앵글에 담겨지고 행사의 하이라이트를 장식

하는 축제의 주인공이 되었다.

　재학생 중에서 가장 아름답고 성적이 좋은 그야말로 지성미를 갖춘 학생을 여왕으로 추대했고 선발된 여왕은 여러 특전을 누렸고 한순간에 많은 친구들의 선망과 질투의 대상이 되었다. 여자에게 아름다움을 인정받는다는 것은 분명 엄청난 프리미엄이었다. 시간 저 너머에서 리즈가 출연한 영화의 닳고 닳은 필름처럼 뿌옇게 먼지 낀 머릿속을 헤집으며 수진은 수면 위로 서서히 나타났다. 다이아몬드와 함께.

　늘 선망과 시샘의 중심에 있었던 수진은 결혼 역시 많은 화제를 뿌렸다. 더욱이 그녀가 결혼 예물로 받았던 3캐럿짜리 다이아몬드가 박힌 반지에 그것보다는 조금 작지만 역시 다이아몬드 1캐럿이 팬던트에 박힌 목걸이는 당시로서는 파격이었고 참새친구들의 입질에 먹잇감을 물려준 셈이었다.
　엔터테이먼트 대표라는 통 큰 사업가와 결혼한 것을 두고 친구들은 가지가지 의혹을 제기했다. 거품이 너무 끼인 비현실적인 결혼 조건인데도, 수진이 사랑과 미의 여신, 아프로디테의 유혹에 영혼을 빼앗겨 아마도 비이성적 판단을 했을 것이라느니, 어떤 친구는 아예 대놓고 수진이 다이야 3캐럿에 혹해서 허방을 밟았을 것이라고 나름대로 비평을 곁들여서 떠

들어댔다. 겉으로는 수진을 위한 염려 같았지만 실은 순전히 자신들의 열패감을 해소하기 위해 쉼 없이 입방아질을 해댔다.

어쨌거나 그 후 누구도 그 예물의 기록을 깨지 못했고 수진만이 신화처럼 누렸던 호사였다. 수진의 남편은 키가 작고 땅딸막했지만, 꼭 다문 입에서 굳은 의지가 느껴졌고 검고 꼿꼿한 눈썹은 넓고 각진 이마 아래 양미간에서 만나고 있었다. 퍽 야성적이면서 길들이기 사나운 야생마의 이미지였다. 무엇보다 눈초리가 날카로웠다.

거기에 비해 수진은 아름다웠고 진주알이 촘촘히 박힌 하얀 드레스는 네크라인 부분에서 희고 가는 그녀의 목을 더욱 우아하게 천상의 비너스처럼 꾸며주었다.

그녀의 결혼은 보기 드물게 화려했고 친구들의 시샘의 본능을 자극했다. 그렇게 5월의 여왕 수진은 '정도치'라는 가명인지 실명인지 아리송한 이름을 가진 남자의 아내가 되었다.

노력하지 않고 어쩌다 타고난 미모에 엄청난 프리미엄이 붙은 걸 목도한 친구들, 째진 눈을 가진 사람, 납작한 코 때문에 자나 깨나 거울을 손에서 놓지 못하던 친구, 촌스럽고 사람만 좋아 보인다는 튀어나온 돌출 입을 가진 친구, 주걱턱 혹은 짧은 턱을 가지고 태어난 친구들 등, 모두 신경 쓰이는 부분을 손보느라 은밀히 성형외과를 드나들었다는 소문이 무성하게 친구들 사이에서 등나무 뿌리처럼 퍼져나갔다. 그마저도 도저히 불가능했던 뚱녀 미옥은 사흘을 앓아누웠었다는 풍문도 있었다. 정민은 마치 엊그제 일처럼 생생해서 '쿡 쿡' 웃음이 터져 나왔다.

정민은 발걸음을 옮겨 떠밀려가는 인파속으로 합류해 들어갔다.
7층 명품관에는 사람들이 운집해 있었다. 마치 부처의 사리가 안치된 불탑을 바라보듯 주위를 에워싸고, 놀랍고 경이로운 표정들이었다. 정민도 슬며시 다가가 틈을 비집고 들어갔다. 다이아몬드는 두꺼운 방탄유리 안에서 그 영롱하고 도도한 빛을 풀어 여자들의 시야를 찌르며 내쏘고 영혼을 흔들어 몽환의 세계로 이끌고 있었다. 가까이서 바라본 다이아몬드, 그 마법의 돌은 정말 사람을 환상 속으로 빨아들이는 것 같았다. 사람들은 분위기에 도취된 듯 말은 없었다. 알 수 없는 침묵만 흘렀다.
정민은 그 무리에 끼고 보니 자신도 명품 인간이 된 듯한 착각에 빠졌다 다이아몬드가 이런 거구나. 어떤 여자는 얼굴이 발갛게 달뜨기까지 했다. 수진을 허영덩이라고 비난하며 입꼬리를 실룩거리던 친구들의 얼굴이 스쳐 지나갔다. 가지지 못한 열패감을 드러낸 것일 뿐 정말 바라만 보아도 황홀했고

야릇한 카타르시스를 느끼며 정민은 까닭 모르게 어깨가 으쓱거려졌다

그러나 남자들의 표정에서는 오히려 분노와 저항감이 서서히 배 나오고 어떤 남자는 노골적으로 불편한 심기를 자제하지 못한 듯 '미친놈들!' 입김처럼 새어 나오자 사람들은 흘깃 놀라 소리의 주인을 찾으려는 듯 고개를 돌려 두리번거렸다. 어디에선가 분명 들렸는데 그러다 소리의 주인은 찾지 못했고 다시 침묵은 계속되었다. 정민은 그곳을 벗어나고 싶었다. 팽팽하게 느껴지는 긴장감에 숨이 막혔다. 발걸음을 옮겨 주위를 둘러보았다. 명품관답게 세계적인 명품들이 쇼윈도 안에 진열되어 있었다. '악마는 프라다를 입는다'는 광고카피가 눈에 들어왔다. 이태리 명품 프라다관 앞이었다. 정민은 가슴이 부풀어 올랐다. 수진이 동창 모임 때면 들고 나타났던 그 핸드백, 이름은 기억나지 않지만, 남편이 해외 출장 다녀오면서 사다 주었다던 그 가방 때문이었다. 명품은 시간이 지나도 변하지 않는 다이아처럼 유행이 없고 중고 가격도 만만치 않다고 수진은 명품의 진귀함을 자랑했었다. 정민은 잠시 머리를 쥐어뜯으며 갈등하다 가방끈에 매달려 있는 라벨을 슬쩍 보았다. '프라다 사피아노 토트 겸 숄더백. 가격은 2,850,000'이라고 적혀 있었다.

그 외에도 가지가지 형이상학적이고 사차원적인 디자인의

백들이 누군가의 마음을 흔들고 선택을 기다리며 늘어서 있었다. 정민은 수진이 들고 다니던 사피아노 숄더백에 마음이 꽂혀 다른 것은 눈에 들어오지도 않았다. 종업원은 말을 않은 채 정민의 얼굴을 흘끔거리고 계산대 앞에 서 있었다. 대형 윈도에 붙어있는 화보 속에서 지그시 눈을 반쯤 감은 몽환적인 표정과 요염한 포즈의 은발 모델들이 정민을 바라보고 있었다. '이렇게 눈을 반쯤 감고 저질러버려!' 채근을 하고 있는 것 같았고 종업원도 이태리풍의 명품처럼 도도하게 입을 다문 채 지그시 정민을 바라보고 서 있었다.

  정민은 가방을 열고 상품권을 찾았다. 쉽게 찾아지지 않았다. 분명히 넣어가지고 왔는데, 혹시 교통카드 꺼낼 때 딸려 나와 분실된 거 아니야, 순간 뒷골이 뻐근했다. 화장실로 달려갔다. 아기 기저귀 갈아 끼우는 판에 가방을 거꾸로 들고 가방 안의 내용물들을 쏟아붓고 난 뒤에야 맨 밑바닥에서 상품권 봉투가 발견되었다. 오십만 원짜리였다. 정민은 세면대 앞에서 자신의 얼굴을 거울에 비쳐 보았다. 수진의 얼굴과 겹쳐 나타났다. 자신도 친구들 앞에서 명품 백을 무릎에 올려놓고 우아하게 식사하는 모습을 그려보았다. 그리고 다시 매장으로 나갔다. 프라다관 앞에 다시 나타난 정민을 보고 종업원이 미소 지으며 다가왔다. 정민은 수진의 것과 같은 사피아노 숄더백을 상품권으로 일부 계산하고 나머지는 6개월 할부로 카드로 결제를 했다.

  점원이 챙겨서 넣어준 프라다 로고가 선명한 쇼핑백을 손에 들고 백화점을 나왔다.

  언젠가, 레스토랑에서 만난 이후 연락이 없는 수진이 보고 싶어졌다. 다이아몬드와 명품은 수진을 떠올리게 하는 연관어였다. '수진아, 나도 명품백 하나 샀어.' 정민은 그동안 수진을 멀리 떨어져서 부러워만 했었는데 이제 일체가 된 기분이었다. 지금쯤, 수진은 어떻게 지내고 있을까? 또 언제 불쑥 전화가 걸려 와 만나고 싶다고 할지도 모를 일이긴 했다.

  수진을 마지막으로 만난 게 몇 년 전이었는지 정민도 정확히 기억하지 못했다. 누런 황사 바람 속에서 봄꽃들이 다투어 피어나던 아마 지금 같은, 봄날이었던 것 같다. 매너모드로 잠가놓은 정민의 전화기가 부르르 떨며 수신을 알렸다. 정민은 설거지를 하다 말고 얼른 개수통에서 손을 꺼내 고무장갑을 뺄 틈도 없이 전화기를 집어 들었다. 손자국으로 얼룩진 작은 화면에 '이쁜이'가 떴다. 뜻밖에 수진이었다. 그 친구의 이미지로는 능소화나 장미가 훨씬 더 잘 어울리겠지만 그건 너무 직설적 표현인 것 같아 그렇게 친근한 토종 닉네임 '이쁜이'라고 정민은 입력해 놓았었다. 마침 지워지지 않고 그대로 남아있었다. 순간 정민은 너무 반가웠다. 얼마 만인지?

"응 수진아, 오랜만이야, 지금 어디야, 그동안 토옹 연락이 없길래, 난 또 어디 이민이라도 떠났나 했지."

정민은 긴 인사말을 쏟아 냈다. 그러자 수진이 대꾸했다.

"뭐 이민, 그렇지 않아도 이제는 아예 지구 밖으로 떠나고 싶었는데 너는 어쩜 그렇게 내 마음을 꿰뚫어내니? 넌 독심술이라도 있는 거야…."

넘겨짚고 던진 말이었는데 수진은 독심술까지 운운하며 말의 실마리를 꺼내 놓으려 했지만 목소리는 가라앉아 있었다. 정민은 정신이 번쩍 들었다. 수진에게 무슨 일이 있는 게 분명해, 수진은 늘 어렵고 힘들 때면 정민에게 털어놓기를 잘했다. 꼭 그런 일이 있을 때면 또 만나자고 하기도 했다. 수진은 여자 친구들 사이에서는 질투의 대상이지 누구도 수진을 우정으로 대해 주는 친구는 없었다. 혼자서 캠퍼스를 걷거나 도서관에서도 빈자리가 없으면 그대로 되돌아나갔다. 자리를 잡아주는 친구 하나 없었다. 수진은 외톨이였다. 정민은 그런 수진을 보며 우정과 연민 사이에서 갈등했다. 수진은 자매가 없이 자라서인지 친구인 정민을 우정을 넘어 언니처럼 여기는 것 같아 쌀쌀맞게 대하지도 못했다.

"너 무슨 일 있는 거야?"

정민이 물었다.

"일은 무슨….."

말은 거기에서 끝났고 한동안 대화는 침묵 속으로 빠져들었다. 수진이 눈물을 찍어내고 있는 게 눈앞에 그려졌다. 그 고운 손으로 손가락에는 이름도 모르는 보석 반지를 줄줄이 끼고서, 태연을 가장하고 있었지만 터져 나오는 울음을 목구멍으로 밀어 넣고 있는 게 전화기 너머에서 전해지고 있었다. 정민이 침묵을 깨고 다시 물었다.

"기분이 우울할 때 학창시절 그 찬란한 5월을 떠올려봐 오월은 너의 계절이었잖아."

정민은 수진의 기분을 풀어 줄 의무라도 있는 것처럼 갖은 위로 거리를 찾아내 말하고 있는 자신이 쓸데없이 오지랖만 넓은 것 같은 생각에 웃음이 났다. 수진이 오월의 여왕이었다면 자신은 여왕의 시녀, 아니 무수리, 대학시절 수진 옆에만 있으면 누구든 무수리로 취급받는다면서 친구들이 수진과 함께 다니기를 무척 꺼려 했었다. 그래서 수진은 늘 혼자였고 외로운 대학시절을 보낼 수밖에 없었을 것이다.

"정민아 너 한번 만나고 싶어. 시간 낼 수 있어? 우리 얼굴 본 게 꽤 오래됐지."

순간 정민의 감성의 옹달샘에서 수진에 대한 연민의 정이 일렁였다.

"그래 얼굴 한번 보자."

정민도 동의를 나타냈다.

　전화를 끊고 정민은 싱크대 앞으로 다시 돌아와 하던 일을 마저 하고는 있지만 지난번 동창모임 때, 수진은 그때까지 동창 모임 안 나온 지 몇 년이 지나고 있었다. 미옥이 했던 말이 떠올라 가슴이 먹먹해졌다. 설마 그럴 리가 '얘 미옥아. 잘 모르는 헛소문을 그렇게 확실하게 말하는 거 아니야.' 하고 정민은 미옥의 말을 잘랐지만 이미 말을 다 쏟아놓은 후였다. 수진의 남편이 일본 야쿠자와 선이 닿아있는 조폭 두목이라며 이번에도 수배령이 내려졌다고 했다. 사실이 아니기를 바랐는데 어쩌면 사실일 것 같은 불안한 예감이 불길하게 몸피를 부풀리며 의식을 잠식했다. 정민은 갈피를 잡을 수 없이 자꾸만 정신이 헝클어져지고 있었다.

　정민은 수진을 만나러 약속 장소로 갔다. 레스토랑이었다. 장소를 레스토랑으로 잡은 건 수진이었다. 점심을 같이 먹자고 했다. 정민은 홀 안으로 들어갔다. 낮시간 때 레스토랑은 주로 중년의 여자들이 자리를 잡고 앉아 수다에 열중이었다 안을 눈으로 훑으며 수진을 찾았지만, 수진의 모습은 보이지 않았다. 홀 안의 벽시계를 쳐다보았다. 약속한 시간이 조금 지나 있었다. 자리에 앉아 기다리기로 했다. 창가 쪽 햇볕이 잘 드는 테이블에 앉았다. 종업원이 메뉴판과 엽차를 가져왔다. 창밖 어린이 놀이터 가장자리에 심겨진 나뭇가지에 새순이 움을 틔우고 있었다. 황사 바람에 어린잎 색이 노리끼리하게 보였다.

잠시 뒤 수진의 모습이 보이고 홀 안에 있던 사람들의 시선이 일제히 그녀에게로 쏠리는 게 보였다. 늘 수진은 사람들의 이목을 집중시켰다. 쉽게 모방할 수 없는 은은한 체리핑크 톤의 트랜치코트의 깃을 머리 아래 목덜미까지 세우고, 머리는 쓸어 올려 핀으로 고정시킨 것 같은데 핀은 보이지 않았다. 정민은 얼른 손을 들어 자리를 알리자 수진 역시 바로 알아보고 정민 앞으로 다가왔다.
"많이 기다렸니?"
"아니야 나도 방금 왔어."
둘은 짧은 인사를 나눈 후 탁자를 사이에 두고 마주 앉았다. 긴 헤어짐이 있었지만 만나기만 하면 그 공백이 사라지고 어제 만났던 사이처럼 친밀하게 느껴지는 게 정민은 묘하게 생각되었다.

어쩌면 학창시절 바늘과 실로 불릴 정도로 붙어 다니던 친한 친구여서일 거라고…. 수진에게는 정민 외에 별로 친한 친구가 없었다.

수진은 바람처럼 사라졌다 어느 순간 나타나 정민에게 전화를 하곤 했다. 동창 모임도 결혼 초까지만 해도 잘 참석했는데, 어느 순간부터 가타부타 말도 없이 나오지 않자 동창회장인 미옥이 아예 제명시켜 버린 상태였다.

가까이에서 본 수진의 모습은 무척이나 야위어보였다. 움푹 들어간 눈 주위로 옅은 울트라빛 새도우를 발랐는데도 다크서클이 보였다. 통통했던 볼살이 삭아 없어졌고 말을 할 때마다 늘어진 살이 훌쭉거려 무척 수척해 보였다. 무엇보다 고독의 바다에서 달려 나온 듯 착 깔린 목소리에서 우울의 냄새가 짙게 풍겼다. 해 질 녘, 시든 장미 같은 초췌한 모습에 짙고 풍성한 속눈썹만 눈가에 실루엣을 만들며 그대로 화려한 날의 향수를 붙잡고 있었다.

"내 얼굴 많이 상했지?"

연민으로 바라보고 있는 정민에게 자신의 얼굴에 멈춰버린 정민의 시선을 느꼈는지 수진이 커다랗고 휑한 눈을 치뜨며 물었다. 그리고 눈가에서 눈물을 찍어냈다. 야위고 흰 손가락으로, 정민은 움찔 놀라며….

"으~응, 아니야 미인은 상해도 미인이구나."

넋을 잃고 바라보다 들켜버린 멋쩍음에 정민은 그렇게 얼버무렸다.

"기집애. 농담도 사려 깊게 하는구나."

어느새, 수진의 음성은 울먹임으로 바뀌어 나오는가 싶더니 손수건으로 얼굴을 가리고 울음을 터뜨렸다. 흐흑, 흐흑, 흐흐흑 정민의 불온한 예감이 그대로 사실로 드러나고 있는 것일까.

"그래 울고 싶음 실컷 울어."

자신의 삶의 영역을 요새처럼 수호하고 싶었던 수진이 더는 버틸 수 없었는지 정민 앞에서 무너지고 있었다. 정민은 일어나 수진에게로 다가가 등을 쓸어주었다. 뚱녀 미옥이 어디서 들었는지 수진의 남편이 일본조폭 야쿠자이와 손잡고 온갖 이권 사업을 착취하고 해외를 떠돌며 상대편 조직원 살인교사 혐의로 수배와 도피, 그리고 검거, 교도소 생활을 반복하고 그럴 때마다 수진은 해외로 도피 여행을 떠난다고 했다. 미옥이 지난 모임 때도 그 말을 풀어놓아 모두를 어리둥절하게 했다.

한참을 수건으로 얼굴을 가리고 어깨를 들썩이며 울고 난 수진이 고개를 들자 까만 눈물이 흘러내린 자국이 양 뺨 위로 빗살처럼 그어져 있었다. 정민은 가방에서 물티슈를 꺼내 가만가만 닦아 주었다. 수진은 고맙다는 표시인지 고개를 끄덕이더니 루이비똥 로고가 새겨진 가방을 열고 무언가를 한참 뒤적이며 찾았다. 정민은 말없이 바라만 보고 있었다. 한참만에 핸드백 속에서 찾아낸 건 말보루 담뱃갑이었다. 담뱃갑은 우그러져 있었다. 담배 한 개비를 익숙한 손놀림으로 꺼내더니 위아래 입술 사이로 끼워 물고 라이터로 불을 붙였다.

기다랗고 흰 손가락에 끼워진 정체를 알 수 없는 보석의 반지들과 완벽하게 조화를 이루며 그녀의 삶을 여지없이 보여주고 있었다.

"너 담배 피우는구나?"

정민은 놀라웠지만 놀라지 않으려 애쓰며 태연하게 물었다.

"응. 이거라도 피우지 않음 미쳐버릴 것 같아."

'휴우우~' 길게 한숨인지 연기인지 내뱉었다. 그녀의 대답을 들으며 정민은 짙은 연민의 정과 좁혀질 수 없는 괴리감 사이에서 갈등하며 수진과 마주 앉아 있었다.

사실 수진은 자주 그리고 길게 해외에 체류하다 나타나곤 했다. 물론 주위에는 장기 해외여행이라고 둘러댔지만, 친구들은 이미 다 아는 사실이었고 여전히 입을 삐죽거리며 비난을 퍼부었다. 지난번 모임 때 미옥이 했던 말이 떠올랐다. 수진의 남편 정도는 필리핀으로 스며들어 가 일본 최강 야쿠자인 야마구치구미 조직과 연계해 마약, 불법도박, 유흥업소 갈취, 거기다 살해교사까지 그것도 상대조직원이긴 해도 우리 한국교포를, 이번에 검거가 되면 교도소에서 생을 마감할지도 모른다고.

다혈질 성격인 미옥은 어떻게 수진의 남편에 대한 정보를

날라 오는지 따로 해외 거미줄 회로망을 가동하고 있는 것처럼 소상히 알고 전해주곤 했다. 어쩌면 그것은 미옥이 스포츠용품 매장을 운영하는 CEO이기 때문인지도 모른다. 스포츠용품 중에서도 미옥이 주로 취급하는 품목은 골프용품이었다. 수십만 원짜리 골프화, 수백만 원을 호가하는 골프채, 골프가방 등 주로 고가의 용품들을 해외에서 직수입해왔다. 자연히 골프마니아들이나 프로 골퍼들과도 네트워크망을 형성하고 있는 미옥이었다. 지금은 뚱녀가 아닌 중후한 중년의 미혼 사장님으로 불리고 왕성한 사업가, 골프용품 매장을 여럿 가지고 사업영역을 넓혀 가고 있는 중이었다. 잘 나가는 CEO로 변신한 지 오래다.

대학시절 수진과 단짝 친구였던 정민은 그런 소식을 풍문이지만 들을 때마다 가슴이 미어지는 것 같은 연민에 며칠씩 힘들어했다.

수진은 필리핀에서 1년 가까이 머무르다 돌아왔는데 이번에도 또 그녀의 남편에게 수배령이 내려졌고 수진이도 형사들이 들이닥치기 전에 어디로든 떠나야 한다고 했다. 형사들이 들이닥쳐 가택 수색할 때 무엇 하나 건질 것 없이 집 안을 초토화 시켜 놓는다고 했다.

그날 이후 수진은 또 소식이 끊겼고 전화를 여러 번 걸었지만, 그녀의 전화기는 응답하지 않았다. 그리고 또 시간은 갔고 수진은 조금씩 잊혀져가고 있었는데. 그놈의 다이아반지와 명품백 때문에.

　백화점이 멀어질수록 현실이 다가오고 있었다.
　정민은 피곤했다. 종일 내내 다이아몬드에게 그리고 수진에게 영혼을 잠식당한 하루였다. 정신이 멍했다.
　그날 밤 정민은 밤새 뒤척이며 잠을 이루지 못했다. 남편의 눈에 띌까봐, 장롱 속에 숨겨놓은 프라다 사피아노 숄더백 때문이었다. '내가 무엇에 홀렸을까?' 정민은 아무리 생각해봐도 모든 것이 혼란스럽기만 했다. 8.24캐럿 물방울 다이아몬드를 본 것도 꿈에서였는지 현실이었는지 도무지 정리가 되지 않았고 더구나 저 프라다 카피아노 숄더백이 어떻게 방까지 들어와서 장롱 속에 들어가 있는지 생각할수록 악마의 짓 같았다.
　"엄마 이 백을 들려면 옷은 뭘 입을 거야 이 숄더백하고 격이 맞는 옷이 있어? 또 구두는?"
　"정말 그래 내일 당장 가서 환불받을 거야."
　"환불하려면 너무 일찍 가지 말아요."
　딸의 말이었다. '다이아몬드, 그 화려함의 바이러스에 감염된 게 확실해.' 정민은 또 돌아누우며 중얼거리다가 가위눌린 듯 가슴이 답답해 잠결에 퍼뜩 눈을 떴다. '퀙, 목구멍이 바짝 말라붙어있어 입을 다물 수가 없다. 미열이 느껴졌다. 늘 맞이하는 봄 환절기지만 기력은 해마다 쇠퇴해지고 면역력 또한 약해졌는지 올해는 지독한 고열 감기를 앓고 난 뒤였다.

'목이 마르면 따뜻한 물을 수시로 마셔 주세요. 마른기침을 자주하다 보면 기관지에 염증이 생길 수 있어요.' 감기로 병원을 찾았을 때 의사가 해준 당부였다.

정민은 옆에서 자고 있는 남편이 깰세라 슬그머니 일어나 주방으로 갔다. 식탁 위에 놓아둔 보온병에서 물을 따라 조금씩 마시며 식탁 의자에 유령처럼 앉아 있었다. 어제는 정말 허영의 마귀에 잠식당한 하루였다는 생각이 들었다. 무엇에 홀려 자신을 망각했는지. 정민은 의식이 깨어나 현실로 돌아온 듯했다. 이런저런 현실적인 문제들이 하나하나 떠오른다. 딸애가 '엄마 이 상품권 회사에서 명절선물로 받은 건데 엄마 생일 때 주려고 가지고 있었어. 옷 사 입어.'했던 말이 명치끝을 눌렀다. 저도 어련히 옷을 사고 싶었을까 그걸 참으며 엄마에게 양보했는데…. 정민을 감싼 어둠이 조금씩 엷어지고 있었다.

백화점 앞은 어제와는 사뭇 다른 분위기였다. 얼굴에 주름이 가득한 중년이거나 노년에 가까운 남자들이 마스크로 입을 가리고 회색빛 후드점퍼를 머리까지 뒤집어쓴 채 도열해 있었고 손에는 무슨 말인가 붉은 글씨가 섬뜩하게 쓰여진 피켓들을 들고 있었다.

　백화점 정문 옆의 홍보관 유리벽 너머에는 체리색 트랜치코트를 걸친 팔등신 미녀 마네킹의 우아한 자태는 그대로였다. 정민은 삼엄한 경비에 놀라 가슴이 두근거렸다.

　시위를 하고 있는 게 분명했다. 시위대 옆으로 앞 범퍼에 '서울 경찰청 기동대'라고 프린팅된 대형버스 서너 대가 도로와 경계석 사이에 비스듬히 주차되어있었다.

　전경들은 방탄 모자에 가스총을 차고 시위대와 마주 서서 대치하고 있는 상황이었다.

　가까이 다가가자 글씨가 또렷이 보이기 시작했다. '57억을 날려버린 정신 나간 대한민국 재벌 규탄한다.' '퇴물이 된 외국 늙은 여배우의 중고 다이아반지를 57억에 사들인 미친 재벌 몰아내자.' '사치 낭비를 조장하는 재벌은 사회악이다. 불매 운동으로 무너뜨리자.' '누가 일군 소득 3천불 시대냐?' 등, 비난 색의 구호들이었다. 남자들은 인간 띠를 만들어 백화점 입구를 싸고 진입을 막고 서서 들어가려는 고객들을 되돌려 보내고 있었다. 되돌아서는 사람들의 표정에서는 불쾌함 같은 건 없어 보였다. 당연한 사회적 저항이라는 듯이 말없이 돌아서 갔다. 지나가던 남자들도 하나둘 합류해 점점 그 숫자는 많아지고 있었다.

　정민은 그런 광경을 목도하자 사회에 도움이 필요한 어려운

계층이 이렇게 많다는 것을 새삼 느꼈다. 자신의 소소한 일상이 어쩌면 행복이었는지도 모른다는 생각과 함께 정말 자신의 행위가 사회악을 조장하는 무리들과 다르지 않다는 생각을 했다. 죄책감이 몰려들어 울고 싶은 심정이었다. 손에 들고 간 '프라다 사피아노 토트 겸 숄더백'이 담긴 가방을 휴지통에 던져버리고 쥐구멍에라도 숨고 싶었다. 어찌할 바를 모르고 허둥거리고 있는데 한 젊은 남자가 다가와 무슨 일이냐고 물었다. 정민은 자초지종을 얘기해주었다. 남자는 잠시 정신없이 구매해버린 물건을 반품하고 환불받으러 왔다는 말에 고개를 끄덕이더니 앞을 열어주었다.

백화점 안은 개점휴업 상태였다. 어제의 은은하고 도도한 화려함은 간데없이 사라져버렸고 마치 폭격이라도 맞은 것 같았다. 코너마다 희미하게 간이 등만 켜 놓고 있었다. 에스컬레이터도 멈춰 섰고 고객 하나 눈에 띄지 않았다. 점원들만 삼삼오오 주황색 간이 등불 아래 팔짱을 끼고 서서 난감한 표정들이었다. 정민은 정신이 혼미해졌다.

7층까지 계단으로 어떻게 올라갔는지 7층 매장은 어수선하게 바뀌어있었다. 어제 사람을 운집시켰던 다이아몬드반지 진열대는 말끔히 치워졌고 그 자리는 비어 휑했다. 그 옆의 명품코너들은 철수했는지 상품들도 보이지 않았다. 불이 꺼지거나 반딧불 같은 10와트짜리 주황색 조명하나만 켜진 데가 많았다. 프라다 매장을 찾았으나 보이지 않았다. 정민은 가슴이 새가슴이 되어 파닥거렸다. 이마에서는 식은땀이 배어 나왔다.

밤새 잠을 설치고 푸석해진 얼굴이 발갛게 달아올라 화끈거리고 있었다. 이게 뭔가 내 주제에 명품백이 가당키나 한가 동티가 나도 단단히 났다고 생각했다. 어쨌거나 이제 프라다 매장을 찾아서 물건 돌려주고 그쪽에서 태클 걸지 않고 환불해주기를 마음으로 빌면서 7층 매장 사이를 휘젓고 다녔다.

한참을 헤매다 도깨비불처럼 희미하게 불을 밝혀놓은 프라다 매장을 발견했다. 그곳은 정민이 여러 차례 스쳐간 자리였다. 어제의 그 화려함은 찾아볼 수 없었고 그저 평범한 점포였다. 여느 재래시장 점포나 다름없어 보였다. 화려함이란 그저 불빛의 속임수였구나. 신기루나 무지개가 빛의 조화이듯이 정민은 땀과 눈물이 범벅이 된 눈가를 손등으로 훔치며 안으로 들어갔다. 그리고 쭈뼛쭈뼛 쇼핑백을 내밀며 환불해 달라고 했다. 점원은 정민을 흘끔 쳐다보더니 표정이 일그러지며 곤혹스러움이 번졌다. 그러다가 이내 분위기를 의식해서인지 표정을 누그러뜨리고 쇼핑백을 받아 안에 갖다 넣고 카드기를 작동시키고 환불 확인 영수증을 기계에서 뽑아주었다.

오늘 분위기는 분명 정민 편이었다. 정민은 밤새 자신을 후회하게 했던 마음의 무거운 짐을 내려놓자 시원함과 허탈감이 동시에 밀려왔다. 다리가 풀려 주저앉을 것만 같았다. 일주일 동안 진행하겠다던 행사는 단 하루 만에 막을 내렸고 그 백화점은 한동안 시민단체 불매운동의 타깃이 되었다. 한동안 여론의 뭇매에 시달렸을 것이다. 명품백, 다이아몬드, 수진도 어느덧 시간의 뒤편으로 사라지고 평온한 일상에 묻혀 희미해져 갔다.

봄비가 추적추적 갓 피어난 아카시아, 장미 위로 흩뿌리고 있는 늦은 오후, 정민의 전화기가 시끄럽게 울려댔다. 정민은 소파에 몸을 묻고 깜박 졸았던지 화들짝 놀라 눈을 떴다. TV는 켜놓은 채로 혼자서 떠들고 있었다. 리모컨을 찾아 볼륨을 낮췄다. 전화기는 그때까지 끊어지지 않고 그악스럽게 울려대고 있었다. 저장해 놓은 대로 '골프사장' 미옥이었다.

"여보세요."

정민이 전화기를 집어 귀에 대자마자 미옥의 말소리가 들려왔다.

"정민아 있잖아, 서울 성창동에서 기초생활 수급비 신청자 중에 폭력조직원의 배우자가 있드래, 그리고 이름이 최수진이래 물론 동명이인일 수도 있지만 여러 정황으로 보아 우리친구 수진이 같아."

미옥은 특종뉴스를 타전하는 신참 기자 같았다. 흥분에 들며 급한 듯 앞뒤 다 자르고 용건부터 또박또박 단숨에 뱉어 냈다.

낮잠에서 불시에 깨어난 정민은 시야에서 불이 번쩍 스친 걸 느꼈다. 정신이 번쩍 들었다.

"뭐라고! 수진이 뭐 기초생활수급비, 그리고 개가 서울에 있는 거 어떻게 알았어?"

역시 미옥은 성능 좋은 안테나 '나라 밖 소식까지 날아와 접속이 되는' 귀를 가지고 있는 게 확실해….

"한 번 만나서 확인이라도 해보자 아님 다행이지만 만약 우리친구 수진이 맞으면."

정민과 미옥은 차도가 끝나고 연결된 굽은 골목을 따라 올라가고 있었다. 골목길엔 질긴 민들레가 노란 꽃 한 송이를 달고 낡은 시멘트 바닥의 갈라진 틈새를 비집고 피어 있었다. 텅 빈 하늘에는 '원주민 내쫓는 재개발'이라는 귀퉁이가 뜯겨 나간 현수막이 유령처럼 펄럭거렸다. 꽤 높은 곳에 있는 오래된 달동네였다. 미니어처 같은 시가지가 눈 아래 펼쳐졌다. 저 멀리에서 벌레처럼 움직이는 물체들, 정지된 듯 고요했다. 미옥은 주민 센터에서 받아온 약도가 그려진 쪽지를 자주 들여다보았다. 경사가 꽤나 가파른 데다 오래된 시멘트 바닥이 덜컹거려 걸음을 옮겨 걷을 때마다 신경이 쓰였다. 산자락에

피었다 진 꽃들의 주검이 전날 내린 봄비에 형체 없이 뭉개져 있었다. 서울에 이렇게 낙후된 곳이 있었다니, 더군다나 수진이 어떻게 알고 이런 곳에 숨어 지내고 있었을까?

수진이 있는 곳을 겨우 찾았을 때 수진은 거의 빈사 상태에 있었다. 먹지 못해 쇠잔해진 듯한 몸을 오래된 침대 위에 눕히고 초점 없이 휑한 눈으로 천장을 바라보고 있었다. 바닥에서 올라오는 냉골 같은 썰렁한 방의 공기가 스산함을 더했다.
"어 저, 정 민 이 아냐? 이쪽은 미 옥 이, 어떻게 알고 찾아왔니?"
수진이 가래 끓는 소리를 내며 가까스로 말을 토해냈다. 반가움보다는 보이고 싶지 않은 신산한 삶의 속살을 내보일 때처럼 당황해했다. 움푹 꺼진 눈두덩이 아래 눈을 치뜰 때마다 따라 움직이는 숱이 풍성한 속눈썹만이 미인의 흔적을 힘겹게 지키고 있었다. 수진이 손을 뻗어 침대 난간을 움켜쥐고 몸을 일으키려 했다. 힘에 겨운지 얼굴을 심하게 찡그리고 입을 앙다물었다. 옆에 서 있던 미옥이 달려들어 부축해 주었다.
"수진아, 어떻게 된 거야. 한국엔 언제 들어 왔어? 왜 연락하지 않았어?"
정민은 묻고 싶은 게 한꺼번에 밀려 나왔다. 수진은 대답을 망설이면서 애써 시선을 피했다. 정민이 수진의 손을 잡았다.

차가운 기운이 손끝에서 진해왔다.

"내 나라에서 죽고 싶었어."

한참 만에 수진이 입을 열었다. 대답은 짧았지만, 그녀의 눈에는 여러 의미들이 스쳐 지나가 듯했다. 기억을 더듬으며 화려한 날들을 붙잡고 흐트러지지 않으려 몸부림을 치고 있는 게 안타깝도록 연민으로 다가왔다. 늘 씩씩하고 용감하게만 보였던 미옥도 눈가를 훔쳤다. 대학시절 같은 캠퍼스에서 청춘의 한 시기를 함께했던 동창생들이지만 각자의 삶은 이렇게 다르게 진행되어 올 수 있을까, 미옥도 정민도 잠시 말이 없었다.

무슨 말로 어떻게 수진의 지금 이 상황을 위로할 수 있을까. 남편은 어떻게 되었는지, 도피 중인지, 검거되어 복역 중인지 묻고 싶었지만, 정민도 미옥도 차마 물을 수가 없었다. 어차피 진실을 듣기에는 다소 무리가 될 것 같기도 했고, 수진에게 상처를 헤집는 일이 될 것 같았다. 비록 삭정이처럼 말라버린 몸과 삶이지만 메이퀸으로서의 단호함만은 꿋꿋이 지키고 싶어 했다. 그것이 더 지켜보는 두 친구의 눈물을 자아내는지도 모른다.

침묵이 흐른 뒤 그녀가 자리에서 힘겹게 일어나 비척비척 몇 발짝을 움직여 서랍장 앞으로 갔다. 부스럭거리는 소리가 들리더니 잠시 뒤 수진이 손에 들고나온 건 보석함이었다. 손때가 묻고 나비의 날개 부분 자개가 떨어져 나가 형체가 온전치 못했고 처음 모습을 유추해볼 수 있는 건 나비의 긴 대롱 같은 입 모양이었다. 수진이 두 사람 앞에 보석함을 내려놓았다. 마치 퇴락한 부귀영화를 보는 것 같았다. 미옥이 시선이 상자에 멈춰져 있었다. 눈을 동그랗게 뜨고 눈빛에서는 여러 의미들이 흘렀다. 그녀의 야위고 흰 손등에 갈색의 반점들이 여기저기 박혀있었다. 수전증 걸린 노인처럼 덜덜거리는 손으로 수진이 상자를 열었다.

보석들이 눈앞에 나타났다. 당연히 눈이 부시게 빛이 날 거라는 학습된 예상은 빗나갔다. 돌 속에서 갓 캐낸 원석처럼, 시간의 더께를 켜켜이 뒤집어쓰고 세공 이전의 상태로 돌아간 듯 칙칙했다. 그 사이에서 다이아몬드만 변하지 않는 도도함과 영롱한 빛을 되쏘고 있었다. 수진은 의지대로 집어지지 않은 듯 여러 번 헛손질 끝에 힘겹게 그중 하나를 집어 들더니 "이건 루비이고, 이건 에메랄드. 그리고 이건 샤파이어 목걸이 페넌트야. 우리 그이가 언젠가 결혼기념일에 선물해준 건데." 말을 하다 말고 수진이 눈을 들어 벽면을 한참 응시하는 게 남편을 떠올리는 것처럼 느껴졌다. 그녀의 눈가가 촉촉이 젖어 들었다.

"너희들 이것 좀 팔아다 줄래?"

목소리는 점점 가라앉고 있었다. 양미간이 일그러지고 입가가 실룩거렸다. 말로 털어낼 수 없는 지난 삶의 옹이들을 가슴속 깊이 갈무리 지으며 절제하는 것 같았다. 둘은 할 말을 잊고 수진을 멀뚱히 바라만 보았다.

한참 시간이 흘렀다.

"또 올 게 수진아."

미옥이 먼저 자리에서 일어서며 말했다. 정민도 따라 일어섰다. 초점 없이 망연히 쳐다보던 수진의 눈망울을 뒤로하고 흐트러진 마음을 애써 추스르며 가파른 골목을 말없이 내려오고 있었다. 가슴에서 짓누르는 연민의 통증을 움켜쥐고 둘은 한동안 깊은 침묵으로 빠져들었다.

한참 만에 미옥이 침묵을 깨고 말했다.

"얘, 지금은 보석을 함부로 팔다가는 장물아비로 몰릴 수도 있어, 그리고 그것 팔아봐야 얼마 건진다고 이미 녹슬어버린 것들을, 그냥 우리가 돕자."

정민도 고개를 끄덕여 동의를 나타냈다.

"그러면 어떻게, 이번 동창 모임 때 나가서 모금을 한다고?"

"아니야 그러면 수진이 받지 않을지도 몰라. 전 동창들에게 자신의 처지를 드러내고 도움받는 걸 원하지 않을 거야. 여왕으로서의 자존심만은 지키고 싶어 하는 게 보이잖아, 그리고 수진이 동창생명단에서 제명됐잖아. 그냥 내가 가지고 있는 돈을 나눌까 봐. 나 돈 좀 가지고 있어 남자는 안 붙어도 돈은 따르더라."

역시 뚱녀 미옥은 성공한 CEO답게 화끈하고 통이 컸다.

"그래 미옥아, 네 말이 맞아, 나도 딸애 혼수 밑천으로 모아놓은 돈 조금 있어 보탤게."

자꾸만 수진의 화려한 날을 붙잡고 있는 기다란 속눈썹과 휑하게 비어버린 젖은 눈망울 그리고 나비의 날개깃이 떨어져 나간 퇴락한 자개보석함, 그 안에서 모습을 드러낸 먼지 낀 보석들이 겹쳐 떠올랐다.

골목 끝에 이르자 검은 어둠이 내려와 도시의 스카이라인을 삼키고 깜박이는 먼 불빛들이 별무리가 되어, 은하수처럼 흘러간다. 어둠 속에서 두런거리는 두 친구의 목소리는 연민으로 젖어있었다.

지금 고향은

지금 고향은

　지금까지 몇 시간째 스마트폰에 매달려있다. 새로 바뀐 전화기에 저장할 번호를 고르는 중이다. 구입한 대리점에서 옮겨 주겠다는 걸 굳이 거절했던 건 버려야 할 묵은 번호들을 골라내기 위해서였는데 사실 이렇게 시간이 많이 걸릴 줄 몰랐다. 조금 후회가 되기는 했다. 꼭 필요한 메일 주소와 카톡방에 들어올 사진들만 찾아 올리다 보니 몇 되지 않았다. 저장되어있지 않은 낯선 전화는 받기가 왠지 망설여지는 게 요즘 세상이다. 잘 구분해서 저장해야 한다.
　그간 연락이 끊어져서 삭제시켜야 할 죽은 번호, 1년 이상 사용하지 않은 번호들, 무슨 이유에서인지 모르지만, 내가 카톡을 올려놔도 연락이 없는 친구들, 사실상 나하고 손절하고 싶다는 의도로 받아들인다. 혹은 내 쪽에서 카톡이 와도 문자가 들어와 있어도 답변하고 싶지 않은 친구들, 그중에서도 상준의 번호가 올라오자 가슴이 요동치기 시작했다. '우리 그만 만나, 나 조금 있으면 다른 도시로 이동이 있을 것 같아' 이 짧은 한 소절로 정리할 만큼 우리의 사랑이, 만남이 하찮은 거였나, 느닷없는 상준의 심경변화, 연이어 통화거절, 그리고, 헤어지자는 마지막 문자, 절차는 계획적이었던 것처럼 거침없이 진행되었다. 사랑이라는 감정에 물들어 있을 무렵이었다. 지금은 지구 어딘가로 사라져 버린 사람. 지울까, 그냥 둘까, 이럴 때 난감했다. 그냥 놔둔다면 언젠가 걸려 오리라는 일말의 기대를 갖는 것이 될 것이다. 나는 삭제 버튼을 눌렀다. 프로필 사진과 함께 사라진다. 그러고 보니 지워야할 번호가 더 많았다.

회사를 그만두고 나온 뒤로 아무런 이유도 없이 연락이 끊어진 동료들과 함께 시간을 공유하며 유쾌하게 떠들어댔던 친구들, 그들이 결혼해서 자신들의 일상을 꾸려가는 사이 아직 미혼인 나와는 사실 공유할 관심사가 별로 없었다. 자연스레 소원해졌고 지금은 번호마저 지워버려야 할 것 같다.

새로 선택받은 번호만 입력해 놓으니 단출했다. 주로 가족들 것이었다. 그간 소외되고 단절에 갇혀있었다는 외로움이 불현듯 밀려들었다. 소통을 위해 태어난 개인 전화가 자칫 더 관계 단절을 심화시키는 것 같다는 생각이 들었다. 차라리 발

신자가 누구인지 모르고 다수에게 활짝 열려있었던 그 전화기가 더 나을 뻔했다. 아무나 받아서 서로 넘겨주던 그 시절의 그 구식 전화기가 그립다.

뜻밖에 전화기의 발전사가 떠오른다. 지금은 박물관 한구석에 자리하고 있을지도 모르는 우리나라 전신전화국에서 보급하기 시작했던, 시골 할아버지들이 담배 피워 물고 다니던 곰방대처럼 송수신기가 양쪽으로 붙어서 묵직하고 새까맣고 투박스럽던 전화기, 요즘 같은 개인 전화기는 꿈에서도 상상하지 못했다. 소리는 또 얼마나 우렁찼던가, 옆집까지 들릴 정도였으니….

우리 마을회관에 처음으로 전화가 등장했을 때가 아마 70년대 초쯤으로 기억된다. 그때 내가 초등학교 1학년이었을 때니까 그것도 온 마을 사람들이 공동으로 사용할 마을 전화였다.

내 고향은 지리산이 품고 있는 산골 마을이다. 해발 500미터쯤 되는 산마루에 자리 잡은 20여 호가 옹기종기 모여 사는 작은 오지마을이었다.

마치 닭이 알을 품듯 지리산 봉우리들이 마을을 감싸고 둥우리 같은 형상의 산간분지에 형성된 마을이다. 거기에다 아침에 뜨는 해가 저녁에 서쪽으로 질 때까지 단양하게 비춰 주는 양지바른 터, 천혜의 길지이다. 마을 이름도 닭 계에 별양을 써서 '계양리'이다.

개천가 돌 틈엔 녹색의 물이끼가 서려 있어 청정지역임을 보여주고 그 속에서 자연과 함께 살아가는 사람들 또한 자연을 닮아 티 없이 맑고 순박했다. 집 주위엔 지리산의 사계절이 철따라 색깔을 바꾸어가며 파노라마처럼 펼쳐졌다.

겨우내 쌓인 눈이 채 녹기도 전에 하동포구에서 시작된 봄바람은 섬진강을 거슬러 올라와 개천가 버들가지를 흔들어 겨울잠을 깨워놓고, 마을로 들어온 봄기운은 봄의 전령사인 개나리 산수유 등 봄꽃들을 피워놓았다. 뒤이어 불꽃 같은 영춘화, 무리 지어 피어나는 산철쭉이 능선마다 융단을 펼쳐놓는다.

거기에 종달새의 지저귐, 애간장 속으로 파고드는 듯한, 꾀꼬리의 울음소리가 배경음악으로 깔리면 지리산 마을의 봄은 절정을 이룬다.

이른 아침 부지런한 아버지의 소죽 끓이는 냄새가 코끝으로 스멀스멀 스며들면 나는 그때서야 부스스 눈을 뜬다.

마당 가운데를 가로지르는 빨랫줄엔 참새 떼들의 합창이 요란하고 삽짝문 옆 외양간에 매어져 초점 없이 휑한 황소의 무구한 두 눈 등, 내 기억 속에 고스란히 저장되어 있는 고향 전경이다.

내가 서울에 올라 온 지가 십수 년이 되었다. 고향에서 여고를 마치자 나는 대학은 서울에서 다니고 싶었다. 논농사 외에 별다른 수입이 없었던 우리 형편으로는 내가 서울에서 대학을 다닌다는 게 무리였을 것이지만 아버지는 맏딸인 나에게만은 늘 호의적이었다.

내 대학 생활은 아버지에게는 크나큰 자긍심이었고 거기에 비례해 기대도 컸다.

검정색 전화기가 마을회관에 처음 들어왔을 때 산골사람들은 무척이나 신기해했다. 수십 리 밖 사람이 자신의 목소리를 듣고 응답을 해오는 것을 들으면 마을 사람들은 호기심에 눈을 반짝였다. 담배 곰방대같이 양쪽에 달린 송수화기를 처음 대한 사람들에게는 권위의 상징처럼 느껴졌을 것이다. 마을의 원로 격인 수봉이 할배가 늘 입에 물고 마을을 호령하던 그 곰방대와 흡사했기 때문이다.

회관 안쪽에 자리 잡은 이장실에 전화가 놓여졌다. 까만 전화기는 전용 전화대 위를 차지하고 위풍당당하게 앉아 있다. 마을의 교환수 역할까지 자처한 이장이 그 곁을 지킨다. 신호음이 울리면 잽싸게 집어들 준비다.

"따르릉…."

경쾌한 기계음이 나면….

"이보시오. 여기 계양립니데이, 뉘신교? 성주 덕산 할매 사위."

이장이 이번에는 확성기 옆으로 다가가 입을 바짝 붙인다.

"덕산 아지매요! 전화 왔습니데이."

이장의 목소리에는 힘이 들어가 쩌렁쩌렁하다.

수화기를 바닥에 내려놓은 채 기다리면 덕산댁이 헐레벌떡 달려온다.

"여보이소, 여보이소, 와 이리, 안 들리노? 안에서 뭐라 카는 것 같은데, 안 들린다."

덕산댁은 아직도 숨결이 거칠다. 옆에서 지켜보고 있던 이장이 눈을 홉뜨며 말한다.

"아이쿠! 아지매요, 거꾸로 들었네요! 송화기를 입에다 대이소."

"숭하기가 뭐꼬?"

"요래 꼬글꼬글한 줄이 달린 쪽이 송화기 아인교. 그거를 입에다 대이소."

이장이 덕산댁을 장난스럽게 흘겨본다.

"그래? 요래하라고 요래."

덕산댁은 잽싸게 귀와 입에 대는 곰방대의 위치를 바꾸자 이번에는 소리가 들리는지….

"아! 이제 되네."

소리를 지르기 시작한다. 먼 곳까지 들리게 하려면 크게 해야 한다고 생각한 모양이다.

"아, 니, 누고? 성주 김 서방이가? 난, 잘 있다 그래, 무슨 일이고? 뭐라? 순옥이가 아프다고? 빨리 진주로 나와 보라고? 중한 병이가?"

'젊은 기 어데가 아프단 말이고, 늙은 나도 요래 팔팔하고 마는 병원에 입원했다.'고 덕산댁은 송화기를 입에 댄 채 중얼거린다. 낮게 웅얼대는 소리는 그곳까지 들리지 않을 거라고 여기는 모양이었다.

"그래 알았다. 어이 참 내."

덕산댁은 전화를 끊고도 자리를 뜨지 못한다.

덕산댁은 열아홉에 이 마을로 시집와서 60여 년을 오로지 땅에 기대어 살아온 사람이다. 그 시대 할머니들 대부분이 그렇듯 덕산 할머니도 문맹이다. 젊어서 남편 잃고 딸 셋 데리고 억척스레 살아온 모진 세파는 그녀의 얼굴에도 굵은 이랑을 패어 놓았다. 늘 자외선에 노출되어 검버섯이 피고 굵은 주름투성이의 얼굴에는 딸의 입원 소식에 얼굴색보다 더 어두운 그림자가 드리운다.

"순옥이, 둘째가 아프다 합니까?"

옆에서 듣고 있던 이장이 물었다. 동네에서 일어나는 일은 말할 것도 없고 걸려 오는 전화 내용에도 이장은 참견을 한다.

"젊은 기, 어데가 아프노?"

덕산댁은 반가운 소식이 아니라서 실망스러운지 입을 툭 내밀고 못마땅해한다.

"어허 참! 젊은 사람도 아플 수 있지 예, 가보이소."

이장이 퉁을 준다.

"남의 집 소식은 좋은 소식이더구만, 우리 자석들은 맨날 안 좋은 소식만 전해오노."

덕산 할머니는 구시렁대며 집으로 향한다.

이렇듯 통화의 내용은 거의 마을 사람들과 함께 공유를 했고 마을의 관심사였다. 누구네 집 기쁜 소식이거나 안타까운 사정도 그런대로 온 마을 사람들이 같이 느끼고 같이 걱정해 주는 공동의 화재였다. 군청 소식이나 면의 공지사항을 주민에게 알리는 확성기와 함께 전화는 산골사람들이 난생처음 접해본 문명의 이기였을 것이다.

"아! 아! 마을주민 여러분! 알립니데이."

갑자기 이장의 귀에 익은 음성이라도 들리면 집집마다에서는 얘기를 하다가도 밥을 먹다가도 혹은 길을 가다가도 동작 그만이 되고, 귀를 토끼 귀마냥 쫑긋 곤두세우고 다음 말을 기다렸었다.

"월촌 아재, 전홥니다."

뉘집 전화 왔다는 말이 이어지면 그제서야 모든 사람들은 스스로 동작 해제가 되고 당사자인 월촌 아재만 부리나케 회관으로 자동 출동이 되곤 했었다. 그랬던 시절이 이제는 추억이 되고 기억 저편에 고스란히 또아리를 틀고 간직되어 있었다.

어느 날 식구들이 밥상머리에 둘러앉아 아침밥을 먹고 있을 때.

"저 이장입니데이, 평산 아지매 전홥니다."

평산 댁은 내 어머니의 마을에서 부르는 택호다. 이장의 안내방송이 나오자 어머니는 들고 있던 숟가락을 집어 던지듯, 놓아버리고, 느닷없이 단거리 육상선수가 되어 마을회관으로 뛰어나가고, 밥을 먹던 식구들은 누구 전화일까? 궁금해하고 있었다.

어머니가 돌아와서 자초지종 이야기를 전해 줄 때까지는 식구들은 저마다 상상력에 시동을 걸어놓고 자기 나름의 추측을 해댔다. 그럴 때면, 아버지는 지피는 데가 있는지 얼굴빛이 어두워지기 시작한다.

'제발 동찬이 전화만 아니기를' 바라는지 아버지의 표정은 점점 조바심으로 바뀌고 말없이 수저질만 하였다. 우리들 역시 아버지의 표정을 살피다 고개를 처박고 빈 코만 훌쩍거리고 순식간에 분위기는 긴장상태가 되곤 했었다. 그것은 곧 벌어질 어머니와 아버지의 날선 말다툼을 예상하고 있었기 때문인지도 모른다. 늘 어머니와 아버지의 싸움의 중심엔 동찬이 삼촌이 있었다. 동찬이 삼촌은 할머니의 늦둥이 아들이다. 할머니가 쉰이 다 되어 낳은 아버지와는 나이 차가 무려 스무 살이나 되는 아버지의 막냇동생인데 객지에 나가서 뭘 하고 다니는지 연락도 없다가 간혹 돈 보내달라는 전화가 그나마 살아있다는 표시였다. 식구들이 하나씩 식사를 마치고 자리를 뜰 때쯤 어머니는 갑작스런 뜀박질에 기진맥진해서 돌아오면 아버지는 흘끔흘끔 어머니의 눈치만 살핀다,

"누구더노?"

아버지가 궁금증을 이기지 못하고 계면쩍게 물었다.

"누구긴 누구겠나! 동찬이 삼촌이대요, 돈 좀 빨리 보내라 카네, 돈 맡겨 놨나? 와, 그리 철이 안 드노? 철이…."

어머니는 눈을 하얗게 치뜨며 아버지를 쏘아본다. 아버지의 예상은 적중했다. 그토록 조바심을 내던 아버지는 할 말이 없다. '헛, 헛, 헛' 헛기침만 몇 번 하고는 자리를 피한다. 뒤에 이어질 어머니의 사나운 역정을 잠재울 명분이 없다. 어머니는 들어올 때부터 화가 나 있었던 터라.

"내 밥 안 묵을란다. 치워 뿌라."

이미 심기가 불편해진 어머니는 국에 말아놓은 밥이 불어 터져, 다시 밥그릇에 수저를 담그기도 싫은지 엉뚱한 곳으로 불똥이 튀었다.

마을 전화기는 반가운 소식뿐만 아니라 가정에 불화를 불러들이는 소식까지도 여과 없이 전해주었다.

그래도 회관에 도착할 때까지 안 끊기면, 그나마 다행이었다. 어떤 때는 회관 앞에 당도해서 '여보시오, 여보시오'하고 불러도 수화기에서는 '뚜우, 뚜우' 이미 전화가 끊긴 뒤, 빈 기계 소리만 들리는 경우도 드물지 않게 일어났다.

이렇듯 마을의 총아로 사람들을 설레게 하며 등장했던 마을 공동전화가 예기치 않은 불편을 드러내고 사람들은 차츰 마을 전화에 관심이 사라지고 있었다.

그 무렵에 계양마을 가가호호에 개별 전화가 마을에 들어온다고 했다. 이번에는 자기 집 안방에서 옆 사람과 얘기하듯 할 거라며 기대 또한 대단했다. 산골사람들은 무슨 변화가 있을 적마다 거기에 거는 기대치는 늘 높았다.

이 역시 마을에서 단체로 개설이 이루어지고 이 기회에 하면 가실비를 따로 내지 않아도 된다고 했다. 마을 사람들은 이런 기회를 놓친 다음 개인적으로 추가 신청을 하면 가설비 부담이 만만치 않을 거라며, 농협에서 융자금까지 받아가면서, 모두 이장을 통해 신청서를 냈다.

전화선이 타고 들어올 전봇대가 마을 어귀에서부터 쭈욱, 늘어서고 예정대로 집집마다 전화가 놓여졌다. 마을은 그야말로 축제 분위기였다, 이제 이런 산골 마을에서도 갖가지 문명의 혜택을 보게 되어 도시 생활 부러울 게 없다며 사람들은 들떴다. 모든 마을 전화는 단자함 하나에서 연결이 되고 번호 역시 끝자리만 달랐다.

같은 기지국번호에, 상구네는 3601, 그 윗집 하동 집은 또 3603, 그리고 그 사이에 있는 영주네는 3602이 배정되었다. 그리고 3604, 3605, 3606 등 바로 집과 번호는 같이 붙어서 번호가 배정되었다. 전화번호가 집 번지를 대신하기도 했다 읍내에서 찾아오는 방문자들은 집 번지는 몰라도 전화번호만 대면 누구나 알려 주었을 만큼 전화번호는 간결하고 단조로워 사람들이 기억하기 쉬웠다.

산골마을의 낮시간은 적막했다. 아이들은 학교로 갔고 어른들은 모두 일터인 논과 밭으로 나가고 집에는 누렁이만 아침에 주인이 가득 부어주고 간 밥그릇을 앞에 놓고 엎드려 있다. 마을 전체가 고요하리만치 조용하다. 저만치에서 들려오는 엿장수의 가위춤 소리가 적막한 산골 마을에 쩌렁거리고, 개밥그릇 주위에 드나드는 왕파리들의 날갯짓만이 윙윙거리며 시끄럽다. 누렁이는 무료한 듯 졸린 눈을 사르르 감다가 지나가는 행인의 발자국 소리가 먼발치에서 들려와도 짖어대고, 안방 문갑 위에 놓아둔 전화기 벨 소리에도 '컹, 컹, 컹'짖어대곤 했다. 전화가 걸려 와도 받을 사람이 없는 집에서 개가 대신 반응했다.

끊길 때까지 울려대면 마당의 누렁이는 그칠 때까지 짖어대곤 했다. 그 옆 외양간 송아지도 누렁이 짖어대는 소리에, 두려움을 느꼈는지, '음~ 매'하며 들에 나간 어미를 부르곤 했다.

"아니, 저놈의, 개새끼가!"

삼 년째 중풍을 앓고 있는 상구 할아버지는 역정 아닌 역정을 부렸다. 우리 집과는 발로 밟기만 해도 부스러져 버릴 것 같은 오래된 싸리 울타리를 사이에 두고 있는 이웃집 영감님이다. 앓기 전 젊었을 적엔 성깔깨나 부렸던 성격 까칠한 영감쟁이였다. 몸은 반신불수가 다 되었지만 성질머리는 그대로였다.

집 전화 역시 집에 받을 사람이 없는 산골 생활에서는 별 쓸모가 없어졌다. 산촌에서 낮에 집에 있는 사람이라고는 아픈 사람이거나 개뿐이었다. 전화가 걸려 오면 개가 먼저 짖어냈고 그 소리에 몸이 아픈 사람은 역정을 부렸다. 들어줄 사람도 없는 역정을….

그러다가 저녁이면 마을의 전화는 불이 나게 바빠진다 낮에 들에 나갔던 사람들은 전할 얘기들을 이 시간에 하기도 하고, 내일 할 일들을 전하느라, 저녁시각이면 고요하던 산골마을은 활기에 넘친다.

"내일이 계양장인데, 영산댁도 장에 갈낀가? 안 갈란가, 물어보자."

덕산댁은 앉은 채로 엉덩이를 밀고, 전화기 앞으로 간다. 전화기버튼을 누른다. '3, 6, 0…, 그리고 뭣 이드라?' 한참을 생각하다 '6인가' 하더니 6을 눌러놓고 신호가 가는지 기다리고 있다. 그러자 누가 받는지 물을 새도 없이 다짜고짜,

"보래이 영산댁이가? 내일 장에 갈기가?"

묻는다. 그러자 전화기 너머에선 귀에 익은 남자 목소리가 들려온다.

"에헤, 덕산댁인교? 덕산아지매, 영산댁 번호는 끝자리가 '5' 아잉교. 5라, 단디 알아보고 걸 거 아이가. 내 지금 목욕하고 있는 중인기라 들에서 와가, 에헤 참."

걸쭉한 목소리의 남자는 월촌 아재였다. 목욕하다 뛰어나와 전화를 받는다며 낭패스러워했다.

"아이구! 우짜건노?, 영산댁 건다카능기 그리로 걸려 뻔네. 내가 마 잘못 눌렀네, 어서 하이소 모욕."

덕산 할머니 역시 민망해했다. 그래도 포기하지 않고 전화기를 눌러서 끊었다가 다시 들고 이번에는 정신을 차리고 번

호를 한 자 한 자 정확하게 누른다. '3, 6, 0…. 그리고 5, 이번에는 맞을끼다.' 입으로 숫자를 세며 걸어놓고 기다리는데 뚜, 뚜, 뚜 통화 중 신호만 들려온다.

"에이! 이기 뭐꼬? 에라 모르겠다."

덕산 할머니는 수화기를 전화 걸이에다 딸카닥 놓아버리고 만다. 그리고는 이내 잊어버린다. 영주 어머니도 늘 3, 6, 0까지 거침없이 눌러놓고는, 마지막 끝 숫자를 보기위해서 그제야 전화번호가 적힌, 어머니가 손수 제작해 놓은 수첩을 꺼내 들고 돋보기를 찾아 쓴다. 그러면 뚜, 뚜, 뚜 통화 중 걸리기 일쑤고. 저녁 시간대에 전화 걸기란 녹록하지가 않았다. 한꺼번에 통화량이 폭주하기 때문이다

"아이쿠 저녁 묵고 이따 걸란다."

저녁을 먹고 나면 까맣게 잊고 잠들어 버리고, 아침에 일어나 걸라치면 이번에는 받지를 않고, 신호만 울릴 뿐이다. 모두들 아침에 일어나면 들일 나가기 바빠서 전화를 하려던 용건마저 까맣게 잊어버리고 일상의 생활에 빠진다.

산골 마을의 아침은 해뜨기 전부터 시작된다. 아이들은 마을 입구에 있는 학교로 가고, 어른들은 모두 농기구와 함께, 그리고 농사일을 도와주는 누렁소를 몰고 논밭으로, 논이나 밭은 그들에게 삶의 터전이고 일터인 것이다.

．

"엄마, 벌써 자나? 낮에 그~리, 전화를 해도 안 받더니 벌써 자나?"

큰딸 현정이 전화를 했다. 그러자 자다 일어난 덕산댁은 쉰 듯 잠긴 목소리로 ,

"낮에 내가 어디 집에 있나, 전화했더나? 오늘 월촌 아제 칠순이라고 읍내 뷔페에서 잔치했다."

군청에서 근무하는 덕산댁네 큰딸 현정이 어머니에게 오늘 내내 전화를 해도 받지 않았다며 투덜댔다. 그리고 그럴 바엔 집에 어머니 방 문갑 위에 앉아 자리만 지키는 까만색 전화가 무슨 필요가 있느냐는 것이었다.

취침시간이 유난히 빠른 산골 노인네들은 밤늦게 걸려오는 객지의 자식들 전화는 하루의 고단함에 지친 단잠을 깨우는 불청객이었고 도시의 젊은이와 산골 노인들의 일상의 시계는 다소 시차가 있었다.

어느덧 집 전화는 소통의 기능 대신 단잠을 깨워놓는 눈치 없는 애물단지가 되어갔다.

"엄마도 이제는 휴대폰이 있어야 되겠다."
"휴대폰이 뭐꼬?"

덕산댁은 아직까지 말만 들었지, 그 휴대폰이라는 것을 본 적은 없었다. 아직까지 아무도 마을에서 가지고 다니는 사람이 없었기 때문이었다.

"가지고 다니는 전화기다."

현정이 알려준다. 그러자 덕산댁은 귀가 번쩍 뜨이는지, "뭐? 가지고 다니는 전화기라고? 그런 기 있나?"하며 반가움에 묻는다.

"있다 새로 나왔다. 엄마도 그걸 하나 사서 갖고 다녀야제, 안 되겠다. 낮에 하면 안 받고, 밤에 하면 자다 일어나고, 엄마 내가 하나 사 줄게 있어봐라."

덕산댁네 맏딸 현정이가 엄마에게 휴대폰을 사 주겠다고 약속을 했다.

"그거 되게 비쌀 건데."

"엄마, 지금은 비싸도 좀 있으면 싸질 기다."

그 후로 일이 년 사이에 읍내에 휴대폰 대리점이 들어오더니 온 마을에 전염병처럼 너도나도 휴대폰이 번지더니 어느새 산골노인들의 필수품으로 자리 잡게 되었다. 지금은 산골노인들에게는 위치추적 기능까지 해 주고 있어 특히 치매증세가 있는 노인들에게는 더 없는 길동무가 되었다.

우리 마을 뒤에는 지금도 용 한 마리가 승천하지 않은 채, 남아있다고 전해지는 전설을 지닌 호수, 용담호가 있다.

그 호수에는 솥뚜껑만한 잉어며 그보다도 더 커 보이는 붕어, 쏘가리, 자라 등이 물 반, 고기 반을 이루지만 아무도 낚싯줄을 드리우거나 어망을 던져 잡으려는 생각은 아예 하지 않는다. 고기들도 사람을 보고 경계하지 않으며 먹이를 던져 주면 물고 물속으로 사라진다. 자연과 인간의 공생 공존 관계는 조화를 이루며 유지되고 있었다. 특히 용담호 주변엔 수십 그루의 산도화가 호수를 병풍처럼 에워싸듯 서 있어 그 자태에서 느껴지는 상서로운 기운에 누구라도 경건해지고 머리를 조아리게 되고 자연숭배 의식이 저절로 우러났다.

마을에선 해마다 정월이면 이곳에서 승천하지 않고 마을의 수호신이 된 아홉 째 용신에게 제를 지내기도 했다. 그리고 그 뒤풀이는 마을의 축제로 이어지곤 했다.

이십여 호가 사는 이 마을에서 유난히 인재가 많이 나온 건 도 어쩌면 이런 지형들과도 무관하지만은 아닐 게야! 아버지는 언제부턴가 이 마을 풍수와 지리의 애찬론자가 다 되었다. 여름휴가 때 고향에 내려가면 아버지가 변함없이 들려주는 이야기의 첫 번째 레퍼토리였다. 마을 입구에 들어서면 상큼한 솔바람이 먼저 불어와 변함없이 나를 마중하는 곳, 마을 앞 늙은 느티나무 아래 정자에는 거동이 불편한 노인네들만이 지팡이에 몸을 의지한 채, 한가로이 앉아 있고 그 옆으로 십 년이 다된 늙은 누렁이가 주인 옆에 꼬리를 내리고 무기력하게 엎드려 있는 곳, 개의 열 살과 사람의 팔십은 비슷한 연배일지도 모른다. 나로 하여금 늘 고향을 그리워하며 찾아오게 하는 정겨운 풍경이었다.

나는 여름휴가를 가능하면 고향에, 고향보다 더 좋은 곳이 없을까마는 추억을 곱씹으며 과거로의 시간여행도 즐길 겸 해서 내려간다.
더군다나 아버지의 생일이 초복과 중복 사이에 끼어있어 겸사겸사 거르지 않고 우리 세 형제가 모이는 연례행사로 자리 잡았다.
그럴 때면 아버지의 유난스러운, 마을의 인재 출현상황을 들어야 했다.
저녁밥을 먹으면서 아버지가 들려준 이야기 역시 고향이 아니면 들을 수 없는 이야기였다
"쌍촌 아지매, 큰아들은 진주에 나가 대학 마치더니, 지금은 학교에서 학생들 가르치는 선상이 되어 있제. 하동댁네 둘째 아들 재욱은 사법고시 합격해서, 지금은 부산애서 판사를 안 하고 있나?"
아버지가 말하는 하동댁 아들, 사법고시 합격은 이미 십 년도 더 지난 경사였건만, 아버지는 지금도 마치 엊그제 일처럼, 식지 않은 채 그 열기가 따끈따끈하게 아버지의 기억 속에 보존되어있는 듯 마을의 젊은 세대의 출세목록 1위의 자리를 지

금도 굳건하게 지키고 있다. 내가 처음 L그룹에 입사했을 때도 아버지는 저랬으리라.

내가 서울로 대학진학을 했을 때나 졸업 후 그 L그룹에 입사했을 때 마을에 잔치를 베풀어 기쁨을 마을 사람과 함께 나누었을 정도였다.

지금은 내 이야기를 아버지는 어떻게 수정을 했을까 나는 그 회사를 오 년도 채 다니지 못하고 그만두었다. 물론 자의 반 타의 반이었지만, 지금 생각해 보면 후회스럽다. 끝까지 버틸걸, 세상 어디든 다 나에게 우호적인 사람만 있는 곳이 어디 있을까, 까칠하게 구는 사람도 있고 나를 몰아내야 자기가 순번이 되는 경쟁자도 있을 것이다. 그로 인해 결혼도 물 건너간 지 오래다.

나는 곧 더 좋은 직장을 찾을 줄 알았지, 감당하기 어려울 만큼 커다란 시련은 나를 무기력하게 했다 한동안 방향을 잃고 표류하듯 시간을 소비했던 때가 있었다.

그러다 고향을 한번 내려와서 자연과 더불어 욕심 없이 살아가는 일상의 모습을 보며 그 실의를 털고 일어날 수 있었다. 이제는 아파트가 밀집돼 있는 마트에서 육류코너 매장 담당으로 일하고 있다. 물론 계약직이다.

어쩌면 아버지는 나에 관한 얘기라면 입을 다물고 있을까, 나는 궁금해졌다.

"아버지 뉘 집 딸 중에는 잘 된 딸은 없나요?"

남의 집 딸들 애기를 하지 않으신 걸 보면 지금의 나는 어쩌면 아버지의 아픈 손가락 되어 있을 지도 모른다.

"와 이라 있제, 덕산댁 막내딸 현정이가 공무원시험에 합격해가 군청에 근무 안 하나?,

그라고 마, 즈그 작은집 영선이도 쌍계초등학교 선상 됐단다."

아버지의 마을 젊은 세대의 사회진출이 마치 아버지 자식들 못지않게 자긍심이기나 한 듯 손가락을 꼽아가며 진지하셨다. 그래도 뉘 집 딸 시집 잘 갔다는 예봉만은 피해가시는 보면 나에 대한 배려인 것 같아 씁쓸했다.

어쩌면 가장 하고 싶고 가장 묻고 싶은 사항, '결혼 언제 할 거냐?'를 자제하고 계시는지 아니면 시효가 지나버린 사항인지도 그토록 조바심을 치더니…' 나는 서글픈 마음마저 들었다. 귀밑에서는 흰머리가 '쭈뼛쭈뼛' 고개를 내밀고, 그러고 보니 나도 이제 오십 줄에 편입을 했다.

내 동생 경주가 결혼한다고 했을 때가 부모님들이 가장 갈등과 고민을 많이 하셨을 것이다. 나이 든 언니인 나를 앞질러 동생 경주가 결혼하겠다고 부모님에게 남자를 데리고 지리산마을 계양리까지 나타났을 때, 경주의 나이도 적잖이 서른다섯을 넘긴 때였으니, 노처녀 하나라도 줄여야 할 판, 언니

먼저 하거든 하라고 말릴 수도 없는 일이었을 것이다. 그 후 또 막내인 형주마저 부산에서 여자를 사귀어서, 부모님에게 인사시키겠다고 데리고 왔을 때, 부모님들의 심정은 어떠했을까? 굳이 말씀하시지 않아도 나는 알고 있다.

남동생 형주는 나보다는 자그마치, 열두 살이나 아래였다. 그래서 형주는 유난히 나를 따랐고 나도 형주가 그렇게 귀여워서, 학교가 파하기가 바쁘게 한달음에 집으로 달려오곤 했었다. 집에 오면 정말 형주는 혼자 놀고 있었고, 나는 책가방을 내려놓자마자 형주를 업어주곤 했다. 부모님들이 들에서 돌아오실 때까지 남동생을 돌봐야 했다. 등에 업고 기른 형주마저 나를 앞지르기해 결혼을 했다.

어쩌면 부모님들은 남몰래 마을의 수호신이 된 용담호 용왕님께 내 배필의 출현을 손꼽아 빌고 계신 지도 모른다.

마루에서 빤히 보이는 별채에는 경운기와 사륜 스쿠터가 나란히 주차되어 있었다. 그 사륜 스쿠터는 얼마 전 형주가 내려와 사 주었다고 말씀하셨다. 다리가 불편한 어머니와 혈압이 높으신 아버지가 읍내병원에라도 가려면 없어서는 안 되는 이동 수단인 것이다. 나는 아버지와 어머니가 나란히 스쿠터에 앉아 마을을 내려가시는 모습을 상상해 보면서 '피식' 웃음이 났다.

마을 사람들은 읍내 병원에 갈 때나 장에 나갈 때면 손쉽게 사륜 스쿠터를 타고 다닌다. 자가용으로 다닐 수 없는 노인네들의 이동 수단인 것이다. 그 옆에 서 있는 경운기는 논밭 갈이할 때 없어서는 안 되는 필수 농기계가 되었다.

몇 해 전 까지만 해도 이 마을에 영농 후계자인 재길이가 처음으로 경운기를 사들여와 마을 일을 도맡아 했었다. 그래서 농번기 저녁 시간 때면 일을 맡기려는 이웃 사람들로 재길이네 전화는 쉴 새 없이 울려댔다. 통화량이 한꺼번에 몰려 불통되기가 일쑤고 어쩌다 통화가 되면,
"아이쿠! 재길아, 와 그리 전화가 안 되노? 저 안 있나 우리 별산골에 있는 논 말이다. 내일이나 모래라도 갱운기 들이댈 수 있나?"
성질 급한 영산댁은 꼭 그렇게 임박하게 일을 맡기려 들었다.
"아!, 뭐라고 예? 아지매요! 내 갱운기가 아지매 집 일 하려고 기다리고 있었슴니꺼? 지금 한 열흘 정도 할 일을 맡아 놓고 있슴니데이."
재길의 어이가 없다는 대답이었다.
"그래! 그럼 우짜노? 한참 기다려야 되겠네, 그 안에는 도통 짬이 안 난다고?"
영산댁도 갈등을 느끼는지. '우짜건노 우짜건노'만 연발하다

'그래 알았다' 전화를 끊곤 했다

  그랬던 경운기도 지금은 거의 집집마다 갖추어져 있다. '뒤비 팔 땅뙈기만 있으면 경운기가 있다.'고 땅이 조금이라도 있는 집은 필수품이 되었다. 쥐 죽은 듯이 고요하기만 했던 영주네 고향 산수유 피는 산골 마을에도 언제부터인가 문명의 이기들이 밀물처럼 밀려 들어오기 시작했다.

  텔레비전, 냉장고, 거기에다 김치냉장고까지, 냉장고의 등장은 일상생활 패턴을 바꾸어 놓았다. 뿐만 아니라, 산골사람들의 심성에도 많은 변화를 불러왔다.

  상하기 전에 나누어 먹어야 한다던 인심도 김치냉장고의 출현으로 조금씩 변해갔다.

  "냉장고에 넣어 두기만 하면 며칠이 지나도 까딱없더라 카이."

  그 냉동고에 얼려놓은 음식은 최장 3달까지는 별 이상 없이 보관이 가능했으니 땅 한 뙈기 없이 남의 일에 품 팔아먹고, 남의 집 남은 음식에 기대어 살아가는 품팔이꾼에겐 냉장고의 출현이 그들의 삶을 위협하기에 이르렀다.

  자연과 인간의 평화로운 공존 사이에 끼어든 문명의 이기들은 그들에게 편리함을 주었을망정 사람과 사람 사이에 흐르던 인간적 정은 반감시켜 놓았다.

나는 이번 여름휴가에는 고향에 내려가지 못할 것 같았다. 휴가철이면 더 바빠지는 게 계약직 직원들이다. 모두들 휴가를 갈 때가 마트 매장은 매출이 급증하고 코너 담당아줌마, 사실 나는 미혼이지만 주위에서는 그렇게 부른다. 계약직 아줌마들에게는 성수기이다. 나는 아버지의 자긍심을 여지없이 무너뜨렸고 아버지를 대면하기도 계면쩍었다.

어머니의 휴대폰으로 전화해도 받지를 않았다. 이번에는 아버지의 전화로 걸었다. 신호가 몇 번 가자 아버지의 목소리가 들려왔다.
"아, 영주가? 와, 잠 안 자고 전화했나? 그래 잘 있제?"
아버지는 언제나 내 안부부터 물었다.
"예, 아버지 집에 별일 없지 예? 그런데 어머니 전화 왜 안 받아요?"
"아, 느그 어무니는, 지금 잘기다. 오늘 점두락 논에 약 살포 안했나, 형주는 엊그저께 다녀갔고."
아버지는 항상 묻지 않아도 형주의 근황을 알려주신다. 모두가 알고 싶어 할 거라고 생각하시는 것 같았다. 아버지는 딸 둘을 낳고 세 번 만에 얻은 형주가 늘 대견하고 의식 속에 크게 자리하고 있어, 다른 형제들도 같은 생각일 거라고 알고 계신 듯 늘 형주를 화재에 올리는 것을 좋아하셨다.

"아버지 이번 휴가 때 집에 못 내려갈 것 같아요."

"아! 그래. 못 오게 되면 못 오는 기제, 우짜건노?"

"아버지 생일선물을 뭘 사줄까? 사서 보내 드릴게요 필요한 거 있음 얘기하이소."

"뭐? 필요한 거? 필요한 거 없다. 저번에 형주가 와서 내 사륜 스쿠터도 사 줬고, 아 참 요새는 그 스마트폰인가가 나와 갖고, 그게 하나 있었으면 좋겠다마는 그게 필요하긴 하다."

아버지는 갑자기 스마트폰 생각이 나는지 그걸 요구했다.

"아버지 그거 까다롭고 어려워서 사용하시기가 불편할 거예요."

"뭐, 어렵긴! 뭐가 어려워?"

아버지는 갑자기 목소리를 높였다.

"우리 마을 이장은 그걸 들고댕기면서 인터넷도 하고 오만 것 다 한다, 오죽하면 걸어댕기는 인터넷이라고 하겠나, 사실 마을이장은 마을에서 생산되는 특산물 즉 버섯, 도라지. 그리고 가을이면 지리산에서 자생하는 각종 약재식품 등을 인터넷에 올려서 전국각지에서 주문이 들어오면 받아보고, 배송해주제, '은행에 돈이 들어왔는가?'하고 확인도 하제, 축구경기 야구중계를 돌아다니면서 다 본다."

아버지의 스마트폰의 장점과 필요성은 끝이 없을 것 같았다.

"아! 저 우리 옆집 상구, 초등생도 그것 갖고 댕긴 지가 하메 옛날이다."

아버지의 설명은 다소 과장되어 있다고 해도, 그것이 요즘 산골마을의 새로운 생활풍속도 인 것만은 틀림없는 사실이었다. 그 문명의 기기들이 산골사람들의 삶의 일부로 자리 잡은 지 오래고 그 여파는 마을 공동체 의식에도 균열을 가져왔다. 개인 생활의 동굴에 갇혀 마을은 점점 적막해져 가고 컴퓨터를 모르는 노인네들만 마을회관을 독점한다.

"아버지, 그럼 알았어요. 사서 보내 드릴 테니까, 사용하시다가 모른 것은, 형주에게, 해달라고 하이소."

나는 통화를 끊었다. 나는 고향 풍경을 떠올리다 변화되어 가는 산골의 모습이 안타까웠다. 마음의 고향을 잃어가는 것 같았다. 거기나 여기나 같은 모습이라면, 그리움이 반감될 것 같았다. 영주는 고향의 기억에도 이제 수정을 해야 하는가?

'이랴!' 쟁기를 매단 소 부리던 농부의 음성은 '통통'거리는 경운기의 기계음이 대신하고, 삼베 보자기로 덮은 새참거리를 이고, 논두렁을 걸어가는 새색시, 그 뒤로 촐랑촐랑 따라가는 강아지의 정겨운 모양새, 그런 목가적인 풍경은 이제는 흑백사진 속으로 들어가 옛 추억이 되어버렸다.

논두렁 밭두렁에는 스마트폰의 컬러링이 끊이질 않고 농로

가에 세워둔 장난감 같은 빨간 스쿠터가 생뚱스럽다. 읍내 다방에서 커피 배달 나온 국적을 알 수 없는 노랑머리 아가씨의 긴 머리칼이 밭이랑 사이에서 바람결에 휘날린다.

 아까까지 콤바인 위에 앉아 벼베기하던 노총각 재길은, 아가씨가 밭두렁에 앉아 따라주는 커피 한 잔으로 잠시 피곤함을 잊고 실없이 주고받는 농담에 시간마저 잊고 있다. 지금은 낯선 풍경이 곧 낯설지 않은 풍경으로 자리 잡아 갈 것이다. 늘 낯섦은 곧 익숙함이 되고 또 다른 새로움이 나타나 그 익숙함을 밀어낸다. 이제 나도 고향의 그림에 수정을 해야 할까.

답습

　대숲이었다. 어두컴컴했다. 나는 미로 같은 대나무 숲속에 갇혀있었다. 한참을 이리저리 헤매도 출구를 찾을 수 없었다. 대나무 밑동 움푹 파인 자리에 질펀한 물웅덩이가 보였다. 웅덩이 위에는 장구벌레, 새끼 소금쟁이 등 미미한 생명체들이 수면 위에 작은 동심원을 그리며 미끄러지고 있었다. 답답했다. 하늘을 올려다봤다. 기다랗게 곧게 뻗은 대나무 꼭대기엔 회백색 하늘이 매달린 듯 걸려있고, 대나무들이 이리저리 흔들리며 부딪치고 비비면서, 내는 사그락사그락 소리가 내 귓속을 갉았다. 빠져나오고 싶었다. 대나무 잎들이 엉켜서 드리워진 그늘은 어스름하고 음산했다. 어디선가 천둥소리가 들려왔다.
　"강해미 씨! 그만 주무세요."
　번쩍 눈을 떴을 때. 대숲은 사라지고, 하얀 시트가 덮인 침대 위에 나는 놓여있었다. 천장에서 쏟아지는 불빛이 눈을 찔렀다. 눈이 부시게 하얀 불빛은 아프도록 파르스름했다. 대숲에 갇혔던 내 영혼은, 끝내 미로 속을 벗어나지 못한 채, 정신과 병실에 누워있는 내 육신 속으로 복귀되었다. 간호사는 흰 바지에 꽃무늬가 잔잔한 블라우스를 입고 사슴처럼 긴 목으로 나를 내려다보고 침대 옆에 서 있었다.

"강해미 씨, 기분 좀 좋아지셨어요? 의사 선생님과 면담하실 시간이에요."

간호사의 목소리는 밝고 경쾌했다. 그리고 내 등 밑으로 손을 넣어 나를 일으켜 침대 위에 앉혔다. 그녀의 손은 따뜻했다.

간호사에게 한쪽 겨드랑이를 끼인 채, 좁은 복도를 지나 안내되어 간 곳에는 흰 가운을 입은 의사가 갈색의 등받이가 달린 의자에 등을 기댄 채 비스듬히 앉아 있었다. 간호사는 나를 의자에 앉혀주고 무심히 밖으로 나갔다. 의사는 숱이 풍성한 짙은 눈썹에 술 취한 돼지처럼 게슴츠레한 눈을 들어 나를 바라다보았다.

"강해미 씨, 맞습니까?"

"네."

나는 짧게 대답했다. 하얀 상자 속에 의사와 나 둘이서 간혀있는 것 같았다. 답답했다.

"강해미 씨. 왜 여기 와 있는지 알고 계십니까?"

"…."

"말씀하세요."

"…."

"언제부터 그렇게 마음이 우울했고 세상과 결별하고 싶다는 생각이 들었죠?"

의사는 진료 차트를 내려다보면서 다시 물었다.

"내 삶이 조금씩 무너져 내린다는 생각이 들 때부터요. 엄마의 삶을 재현하지나 않을까 하는 불안감이 마음 깊이 자리 잡혀가고…."

"왜? 엄마의 삶이 재현되는 게 싫었나요."

"어릴 적 엄마는 늘 술에 취해 해롱거렸고, 내 남편은 결혼 생활 3년 내내 폭력을 휘둘렀어요."

나는 고개를 숙여 탁자에 얼굴을 박았다. 가슴 저 깊은 곳에서 무언가가 울컥 솟구쳐 올라왔다. 두 손으로 가슴을 움켜잡았다 가슴 한가운데에서 '솨, 솨, 솨.' 바람 소리가 났다. '후드득 툭툭.' 빗방울 떨어지는 소리가 들렸다. 두 볼을 타고 흘러내려 탁자 위로 떨어지고 있는 눈물이 보였다.

창우의 물리적 폭력은 내 몸을 망가뜨렸을 뿐만 아니라, 의식 체계마저 흔들고 흩어진 내 영혼은 육신을 떠나 저 광활한 우주를 떠도는 떠돌이별이 되었다.

의사는 고개를 갸우뚱거렸다. 그리고 한참 동안 나를 응시했다. 의사의 표정은 점점 어두워지고 있었다.

"당분간 입원해서 치료가 필요합니다. 그리고 보호자가 있어야 되는데 누구 연락할 사람이 있나요?"

"…."

의사의 말은 내 의식에 도달하지 못하고 흩어졌다. 마치 지구가 자전하면서 일으키는 마찰음처럼 대기에 잠식되어버리고 입만 뻐끔거려 보였다. 의사는 나와 지료차트를 번갈아 쳐다보면서 무언가 끼적이고, 약속이나 한 듯, 간호사가 들어와 나를 일으켜 세우고 상담실을 나왔다.

병실로 돌아와 침대에 눕자 조용히 눈을 감았다. 그리고 나는 곧 심연의 블랙홀로 빨려 들어갔다. 창우의 거친 폭언들이 귓가로 몰려들고 부릅뜬 눈이 나를 노려본다. 주먹과 발길질이 내 육신을 난타한다. 그 뒤에 술에 취해 해롱거리는 어머니가 아무런 표정 없이 서 있다.

나는 퇴근을 하면 곧바로 집으로 향했다. 오늘도 사무실을 막 나서려는데, 팀장이 가까이 다가서며 말했다.

"해미 씨, 오늘 팀 회식 있는 거 몰라? 저 벽보 안 보여."

"글쎄요."

"그놈의 글쎄는 뭐야, 또 빠지겠다는 거야? 참석하겠다는 거야?"

"아무래도, 저 일찍 가봐야 할 것 같아요."

좀 억지스러운 미소를 흘리며 거절을 했다.

"뭐야? 해미 씨, 남편만 그렇게 소중해, 동료들과의 팀웍은 무시해도 된다는 거야, 야! 너무 그렇게 노예형 마누라 되려고 스스로 애쓸 거 없다. 지금 세상이 어떤 세상인데, 남편 눈치를 살피는 건지, 남편이 좋아서 저 스스로 비위를 맞추려는 건지는 모르겠지만 "

중년을 바라보는 미혼의 여자 팀장은 뼈 있는 말들을 내 귀에 쏟아 부었다.

창우는 내가 저보다 늦게 들어오는 걸 몹시 못견뎌 했고 화를 내며 욕지기까지 했다. 그까짓 회사 때려치우면 될 거 아니야 라며 나를 윽박지르기도 했다. 팀장의 말과 창우의 그런 모습이 오버랩되며 나를 갈등하게 했다. 한참을 망설였다. 그러다가 팀장의 말들을 귀 밖으로 흘려버리고 사무실을 나왔다. 나는 엘리베이터에서 내려 종종걸음으로 마지막 회전문을 빠져나왔다.

가는 길에 마트에 들렀다. 찬거리를 사기 위해서였다. 저녁 시간대의 대형마트 식품관은 발 디딜 틈이 없을 만큼 붐볐다. 젊은 주부, 직장인인 듯한 남자들이 이리저리 몸을 부딪쳐가며 무언가를 열심히 장바구니에 주워 담고 있었다. 지하층 테이크아웃 푸드 코너에서 올라오는 갖가지 음식 냄새가 코를 자극하면서 흘러들었다. 그중에서도 치킨 튀길 때 풍기는 고소한 냄새는 허기진 나에게 참기 힘든 유혹이었다. 나는 지하층으로 느리게 내려가는 에스컬레이터를 탔다. 지하층 입구 쪽에서 치킨이 고소하고 바삭하게 튀겨지고 있었다. 들고 있던 장바구니를 내려다보았다. 내가 챙겨 산 찬거리는 주로 채소종류이다. 쑥갓, 미나리, 머위 등이 바구니 바닥에 엎드려 있었다. 그것들은 주로 창우의 입맛을 고려해서 고른 것들이었다.

나는 간혹 고기가 먹고 싶었다. 지금처럼 눈앞에서 치킨을 보면서 갈비 생각을 떠올리자 목구멍에서는 헛구역질이 올라왔다. 빈속이 매스꺼워졌다. 얼른 치킨이 든 상자를 집어 들었고 마트직원은 '8,900원'이라는 가격표를 붙여 주었다. 계산대에 와서 카드로 계산하고 마트를 나왔다.

창우와 내가 사는 곳은 5층짜리 낡은 빌라 한쪽에 붙어있는 방 두 개짜리 집이었다. 창우와 내가 그동안 알바로 번 돈 한 푼도 쓰지 않고 모은 전 재산을 다 털어 넣고도 전세 대출까지 얻어가며 마련한 집이었다. 그 바람에 우리는 결혼식도 생략하고 같이 살고 있다. 창우가 그랬다. 결혼식 같은 건 허례허식이라고, 돈 낭비 하는 것이라고, 우겼다. 돈들이지 않고도 할 수 있는 혼인신고만 마쳤다. 나는 그저 묵묵히 창우의 의견에 따랐다. 자기중심적이고 소통부재인 창우와 대거리하고 싶지 않아서였다. 그는 늘 자신의 주장을 관철시키는 데에 강경했고 한 치 양보도 할 줄 모르는 앞뒤 통로가 꽉 막혀버린 쥐코조리였다.

저녁 준비를 마쳤다. 조촐한 밥상을 차려 내는데 그렇게 많은 시간이 걸리지 않았다. 나물을 다듬어서 삶고 무치고 하는 일에 나는 익숙해져 있었기 때문에 별로 어렵지 않았다. 허기가 느껴졌다. 창우는 오지 않았다. 시계의 초침소리가 크게 들리기 시작했다. 시계를 쳐다보았다. 7시 50분을 지나가고 있었다.

베란다로 나가 길 저쪽을 살폈다. 낡은 주택가 골목길을 걸어가는 허름한 사람들, 어스름한 가로등 불빛 아래 그들의 작은 어깨들이 초라하고 허기져 보였다 그들은 하나 같이 어깨를 축 늘어뜨린 채 비틀거리며 걸어가고 있었다. 골목 저 끝에서 나오기도 하고 그 끝으로 들어가기도 하면서 그들은 바쁘게 걸어가고 있었다. 그 속에 창우의 모습은 없었다.

식탁 위에 놓아둔 바삭했던 치킨은 식은 채 후줄근하게 늘어져 있었다. 이젠 식감조차 느껴지지 않았다. 창우에게 전화를 걸었다. 신호음이 자꾸 울린다. 또 한참을 기다렸다. 그제야 창우가 받았다.

"창우 씨, 지금 어디야?"

"응, 지금 우리 회사 팀 회식 중이야, 밥 먹고 있어."

창우의 대답이었다. 나는 순간 온몸에서 힘이 빠지는 걸 느꼈지만 내색하고 싶지는 않았다.

"그럼 미리 전화라도 해주지 그랬어?, 나도 회사에서 회식이 있는 걸 뿌리치고 창우 씨랑 저녁 먹으려고 일찍 왔었단 말이야."

콧소리를 섞어가며 애교스럽게 말했다. 그렇게 말해보고 싶었다.

"그까짓 회식 따위가 뭐 대수라고 나에게 생색내고 지랄이야."

여느 때처럼 전화기 너머에서 들려오는 창우의 대답에는 욕지기가 끼어들었다. 자기 회사 팀원과 식사 자리는 그렇게 소중하고 해미네 회식은 그까짓…. 도저히 이해되지 않는 그의 언사는 어떤 사고의 본질에서 기인된 것일까, 창우의 부릅뜬 눈알이 눈시울 안에서 요동치는 게 기억에서 되살아났다.

그 흔한 미안해하는 감정 하나 담겨 있지 않고 대뜸 욕지기였다. 불현듯, 노처녀 팀장의 말이 떠올랐다. '남편에게 너무 충실하려 들다가는 남편의 충견밖에 안 된다. 남자들이란 적당히 굴려야 돼.' 결혼도 안 해본 여 팀장이 어찌 그렇게 잘 알까, 그렇게 잘 아니까 결혼을 안했나 보다. 나는 가슴이 공허해졌다. 바보가 된 것 같아 눈물이 솟구치는 걸 눌러 참았다. 눈물을 보이면 더 초라해질 것 같아서였다.

창우와 내가 처음 만나 알게 된 곳은 빵과 커피가 있는 제과점이었다. 물론 우아하게 쿠션 좋은 고객용 의자에 앉아 커피 한 잔 마셔본 적 없이, 위생 가운에 위생 캡을 비틀어 쓰고 고된 아르바이트에 꿈과 젊음을 잠식당하고 있을 때였다. 나는 그곳에서 꽤 오래 일하며 생활비를 벌고 있었다. 여러 일자리 중에서 가장 오래 일했던 곳이기도 했다. 어느 날 고된 하루를 마치고 가운을 벗어놓고 나오려는데 사장이 나를 불러 세웠다.

"해미 씨, 요새 매상이 좀 오르니까, 해미 씨 혼자서는 너무 힘들 것 같아, 아르바이트생을 하나 더 써야 할 것 같지?"

계산대 앞에 앉아 있는 오너 겸 점장이 물었다.

"네에. 그럼 좋지."

나는 얼른 대답했다.

다음날 가게 문에다 조그맣게 '알바구함'이란 쪽지를 붙이고,

불과 몇 시간 만에 찾아온 구직자가 창우였다. 창우는 깡마른 체구에 키가 크고 생글생글했다, 붙임성도 좋아 보였다. 주근깨와 마른버짐이 드문드문 흩어져 끼어 있는 얼굴이 그동안 고단한 삶을 살아온 사람임을 드러내 보여주긴 했어도, 귀여운 얼굴이었고, 거기다 표정도 밝았다. 그는 이미 여러 알바 자리를 거쳤고, 가족으로는 부모님 대신 시골에 할머니가 한 분 계신다고 했다. 부모를 대신해 자신을 길러준 할머니라고 했다.

커피점 사장의 간단한 질문에 거침없고 솔직하게 대답하는 게 당돌하게 느껴질 만큼 똘똘했다. 처음엔 사장도 그런 창우의 태도에 당혹스러워하는 눈치더니, 곧 똘똘함이 마음에 들었던지 점장이 물었다.

"그럼 내일부터 일하러 올 수 있느냐?"

"내일 당장은 안 되고 지금 일하고 있는 곳을 이번 주 토요일까지는 해 주어야 하니까 다음 월요일부터 하면 어떻겠냐?"

창우는 되물었다. 점장이 오히려 한 걸음 물러서면서, 그럼 그렇게 하라고 승낙을 하는 것 같았다.

창우는 자정이 다 되어 술에 흠뻑 젖어서 들어왔다. 입에서는 소주와 삼겹살이 발효되면서 일으키는 시큼하고 텁텁한 냄새들이 쉴 새 없이 흘러나왔고, 동공은 풀려있었고, 얼굴색은

형광 불빛 아래서 봐도 검붉었다.

"늦으면 늦을 것 같다고 전화 좀 해 주면 안 되니?"

나는 아내로서의 당연한 권리라고 여기며 별생각 않고 물었다.

"야! 야, 깜빡했어."

창우의 대답이었다.

"깜빡했다고, 나의 존재를 깜빡했단 말이야? 그런 무책임한 말이 어디 있어?"

"아, 이게 어디서 책임추궁이야, 정말 까칠하게."

창우는 눈을 흡뜨며 나를 꼬아보았다. 눈자위가 벌겋게 충혈돼 있었고 눈빛은 날카로운 화살처럼 내 심장을 찔렀다. 단번에 주먹이 날아들 것 같은 분위기였다. 창우는 별거 아닌 일에도 과장되게 화를 내고 시시때때로 거칠고 황폐한 심성을 드러내고 있었다. 처음엔 나도 그것을 창우의 다혈질적인 성격 탓이라고만 생각했다.

나는 얼른 말을 거두고 그 공포의 분위기를 피해 안방으로 들어가 버렸지만, 가슴은 철컥 무너지고 절망의 구렁텅이로 떠밀려 들어가고 있었다.

내 어린 시절에는 유난히 꿈이 많았다. 현실이 결핍되고 없는 게 많아 모든 걸 꿈으로만 그렸는지도 모른다.

어린 시절 나는 엄마와 어느 시골 조그만 교회 뒤편에 붙어 있는 창고를 개조해서 만든 관리실 같은 곳에서 살았다. 그곳에서 엄마는 교회의 허드렛일을 맡아 하고 있었던 것 같았다. 내 어린 시절과 함께 떠오르는 엄마의 손에는 늘 대걸레와 빗자루 같은 청소도구가 들려있었다.

교회 신도들이 모이는 기도실은 무척이나 깔끔했고 잘 정돈되어 있었다. 자연히 엄마와 나도 신도가 되었고 엄마는 처음으로 신앙인으로서 자신을 절제하고 관리하는 법을 배우고 있은 듯했다. 그곳에서의 나의 유년 시절은 그런대로 평화로웠다. 그곳에 있는 동안 엄마는 술도 마시지 않았고 울지도 않았다. 물론 아빠를 향해 내뱉던 원망 섞인 넋두리도 그 무렵 잠잠해졌다. 엄마의 탄식과 넋두리 대신 목사님의 설교와 찬송가 소리에 익숙해져 가고 성경의 의미도 조금씩 깨달아가고 있었다.

나는 아빠에 대한 기억은 거의 없었다. 내 기억에 새겨지기도 전에 부부는 헤어졌고, 아니 그것은 아버지가 일방적으로 엄마를 버렸다는 표현이 맞을 것이다. 거기에 할머니까지 가세해 엄마와 나를 내쫓았다.

그 후 엄마는 겨우 서너 살밖에 되지 않은 나를 데리고 등대 없는 망망대해 같은 세상에 내던져져서 술과 한숨, 그리고 눈물로 세월을 죽이며 살았다. 나는 집안 구석구석에 나뒹구는 빈 소주병을 장난감처럼 만지고 굴리며 입으로 가져가 핥기도 하면서 자랐다. 소주병 입구에 말라붙은 소주의 단맛이 어린 미각에 달콤하게 느껴졌는지도 모른다.

자라면서 나는 세상의 의미를 알아차리기도 전에 엄마의 아빠에 대한 원망과 독설을 구전동화처럼 들으며 자랐다. 아빠는 초등학교 교사였다고 했다. 그때 할머니를 모시고 살았었는데 엄마의 개념 없고 방종에 가까운 생활 태도를 이해할 리가 만무했을 것이다. 늘 못마땅해하다가 도무지 개선될 기미마저 보이지 않는다고 판단한 아빠는 결국 나와 엄마를 그렇게 버렸다. 엄마와 나는 변두리 셋방으로 몰렸고 생활은 궁핍했다. 엄마에게는 자신의 삶을 꾸려갈 능력마저도 없었다.

내가 초등학교 일학년 땐가 가족의 그림을 그려오라고 선생님이 숙제를 내주셨을 때. 나는 먼저 엄마를 그리고 난 다음에 아빠를 그려야 하는데 아빠에 대해서는 아무것도 떠오른 게 없었다. 망설이다 엄마에게 물었다.

"엄마, 아빠는 어떻게 생겼어?"

그러자 엄마는 갑자기 얼굴이 붉어지며 당황스러워하더니 아빠의 모습을 하나하나 설명하기 시작했다. 그것은 괴물이었다. 눈은 작았고 검은 점이 여기저기 널려있고 코가 유난히 날카로웠다. 그리고 마음은 송곳 하나 세울 자리 없이 옹졸했고 좁쌀처럼 잔말이 많은 사람이었다. 엄마의 설명대로 그려 가다가, 나는 겁이 나서 '앙앙' 울음을 터뜨리고 말았다. 내 손끝에서 기괴한 아빠가 그려지고 있는 게 몹시도 두려웠다. 그렇게 엄마는 오랫동안 자신을 버린 아빠를 용서하지 못했다. 엄마의 그런 원망은 어쩌면 아빠에 대한 진한 아쉬움이거나 그리운 감정이 변형되어 나타난 것은 아니었을까? 정말 아빠의 모습이 그랬을까? 내가 차츰 자라면서 가지게 된 의문이었다.

내가 대학진학을 얼마 남겨 놓지 않은 고3 가을 어느 날 그 교회 목사님 부부는 미국으로 떠나셨다. 떠나기 며칠 전 목사 부부는 엄마와 나를 거실로 불러 사정을 얘기했다.

"미국에서 두 아들이 들어와 같이 살자고 간청해서 갑자기 가게 됐네. 그리고 이 교회는 다른 사람이 들어오기로 되어있으니 집은 비워줘야 할걸세, 갈 곳은 있는가?"

"없어요. 갑자기 집을 비우라시면 저희는 당장 갈 곳이 없어요."

엄마의 목소리는 떨렸다.

"내가 여기 돈을 좀 마련해 두었네."

목사님은 뜻밖에 통장과 도장을 탁자 위에 내놓았다.

"해미야. 너는 무슨 공부가 하고 싶니? 나의 둘째 녀석이 미국에서 신학을 공부하고 있는데 너도 신학을 공부할 생각은 없느냐?"

갑작스런 물음에 당황스럽기도 했고 나는 솔직히 신학 대학을 가고 싶지는 않았다.

"목사님, 저는 아직 거기까지는 생각해 보지 못했어요…."

"그래. 언젠가 기회가 되면 널 미국으로 부르마."

그 말을 듣는 순간 나는 걷잡을 수 없이 마음이 부풀어 올랐다.

"해미야, 너희를 끝까지 돌봐 주지 못해서 미안하다 하지만 너의 두 식구가 이곳에 들어온 지가 어느덧 10년이잖니? 그 사이 너도 어엿한 여고생이 되었고, 이제는 너도 너희 엄마를 보살피면서 살 나이도 되었다. 그리고 늘 하나님께 기도하고 마음의 의지 처로 삼아라."

엄마는 눈을 내리깔고 그림처럼 앉아만 있었다. 섭섭함인지 살아갈 날이 암담해서인지,

그 후 우리는 다시 서울의 변두리로 올라왔다. 엄마는 목사님이 주고 간 많지 않은 돈으로 집을 샀다. 변두리 낡은 집이었지만 그래도 셋방이 아니어서 다행이었다. 집은 아담했고 방이 두 개였다. 엄마와 내가 살기에는 크게 불편하지 않았다. 그해 겨울 나는 의상학과에 지원해서 합격이 되었고 가난

한 대학생이 되었다.

나의 대학 생활은 아르바이트와 함께 시작되었다. 난 그때부터 공부보다 아르바이트에 더 많은 시간과 푸른 젊음을 소비하고 있었다.

엄마도 돈벌이를 시작했다. 갈빗집 주방에서 주방장보조를 한다며 얻은 일자리였다. 엄마의 퇴근 시간은 늘 새벽녘이었고 술과 피로에 절어서 들어왔다. 마치 고된 노동의 피로를 술로 달래기라도 하려는 듯 매일 취해서 들어왔다.

새벽녘쯤 들어오면 엄마는 곧 깊은 잠에 빠져들었다. 갈빗집 일이 힘에 버거웠는지 엄마의 얼굴은 많이 푸석거려 보였고 눈가에는 다크서클이 자리잡혀가고 있었다.

나는 아침에 학교로 가기 위해 집을 나서면서 엄마의 방문을 열어 보고, 곤한 잠에 빠져 있는 엄마의 헝클어진 모습을 뒤로 하고 집을 나서곤 했다. 그럴 때 엄마가 측은하기도 했다. 그리고 빨리 졸업하고 어엿한 회사에 취직하고 싶었다. 디자이너가 되어 연봉도 많이 받고 하면 엄마도 힘든 일 그만두게 하고 싶었다.

문화센터 같은 데나 다니고 그곳에서 취미 활동하러 모여든 수준 있는 사람들과 어울리면 술도 마시지 않겠지, 엄마와 나 둘이서 쇼핑도 하고 여행도 다니면서….' 등 가지가지 행복한 상상들이 머릿속에 한가득 밀려들었다. 그 시절 미래에 대한 그런 기대, 그런 상상이 나를 지탱해 주는 버팀목이었는지 모른다.

나는 학교 수업이 끝나면 곧바로 편의점으로 갔다. 편의점에서 시급 알바를 하고 있었다.

학교 수업 후 편의점 알바는 퍽 고된 노동이었다. 나 역시 일을 마치고 들어오면 자정이 다 된 시각, 현관문을 열면 텅 빈 집안을 온통 어둠이 채우고 있었다. 나를 맞아주는 건 적막과 어둠이었다. 우리에게 낮과 밤은 별 의미가 없었다. 낮에도 자야 했고, 밤에도 일을 해야 했으니까.

어느 날부턴가 엄마는 일하러 가지 않고 방안에 누워있기만 했다. 갈빗집 일이 너무 힘들어 그만두고 다른 일자리를 알아보고 있는 중이라고 했다. 엄마는 용케 달포 정도를 잘 견디길래, 일에 적응이 좀 되어가나 했더니 결국 그만둔 모양이었다.

그래도 엄마가 일을 쉬고 있는 동안은 나는 하루 일과를 마치면 환하게 불이 켜져 있는 집으로 들어왔고 집에 오면 엄마가 있어서 좋았다. 엄마는 따뜻한 밥과 국을 끓여놓고 나를 기다렸다. 모처럼 만에 엄마의 따뜻함과 가정의 포근함이 가슴에서 느껴졌다. 하지만 그 시간들은 그리 오래가지 않았다. 그것은 나만이 느끼는 행복감이었지 엄마는 늘 허전해했고 불안해했다. 그럴 땐 엄마는 술을 마셨다. 몸이 술을 요구한다고 했고. 술을 마시지 않으면 불안하고 온몸에서 경련이 일어난다고 했다. 그렇게 엄마는 절제되고 정돈되었던 모습을 잃어가고 있었다. 마치 그동안 근신했던 시간들을 벌충이라도 하려는 듯이 헝클어져 갔다.

나는 학교 끝나고 아르바이트까지 마치면 자정이 다 된 시각, 습관처럼 골목길을 걸어갔다.

햇빛이 사라진 거리는 가로등에서 뿜어져 나온 주황빛이 밝음을 대신하고 거리에는 인기척마저 잦아들고 있었다. 뛰다시피 빠르게 걸었다. 골목길을 지나고 모퉁이를 돌아서면 어스름한 어둠 속에 잠겨있는 우리 집이 어김없이 눈앞에 나타났다. 그럴 때 집이 가까이 있다는 안도감에 우리 집을 올려다보곤 했었다. 그날도 그랬다. 창문에는 불이 환히 밝혀 있었다. 그 불빛은 따스하게 느껴졌다. 그 속에서 엄마가 나를 기다리고 있을 거라는 생각에 마음이 뿌듯했고, 행복했다. 일에서 풀려 난 고단함도 잊어버리고 집 앞까지 숨을 헐떡거리며 달려왔다, 그리고 현관문을 잡아당기며, '엄마~~, 나, 왔어.'라며 들어서려다 말고, 깜짝 놀라 주춤거리다 멈춰 섰다. 집안에서는 남자와 엄마의 두런거리는 얘기 소리가 들렸고, 현관 바닥에는 커다랗고 지저분한 남자의 운동화가 아무렇게나 놓여있었다. 엄마의 신발과 내 신발 새에 놓여있는 남자의 운동화는 갑자기 생경했다. 남자의 신발, 남자의 목소리…. 그것은 남자가 집 안에 들어와 있는 게 분명했다. 순간 가슴이 뛰었다. 정신이 멍해졌다. 내 안에서는 꿈이 날아가 버리는 것 같았고, 알 수 없는 배신감이 밀려들었다. 짧은 순간에 머릿속에선 많은 생각들이 오갔다. '그냥 받아들이자, 엄마의 삶이 이런 거라면.' 체념적인 생각이 들었다가 '아니야 어떻게 이럴 수가' 본질이 다른 두 가치관이 내면에서 불꽃을 일으키며 충돌하고 있었다. 갈등의 심연이 또 한 번 출렁이는 순간이었다. 인기척을 느꼈는지 얘기 소리가 그치더니 엄마가 안방 문을 조심스럽게 밀면서 '해미니? 해미야!' 방 밖으로 모습을 드러내고 나왔다. 아무 말도 하고 싶지 않았다. 내 방으로 들어가려는데, 엄마가 따라 들어오며, 엄마는 이미 취해 있었고 시큼한 술 냄새를 내 코 가까이에 뿜어대면서 말을 했다.

"해미야, 나 저, 아저씨랑 같이 살기로 했어, 정육점을 하는 사람인데, 내가 갈빗집에서 일할 때 고기를 납품했었거든 괜찮지, 사람 좋아, 아저씨께 인사해!"

말하는 엄마의 눈동자는 풀려 멀건데다 해롱거리기까지 했다.

"엄마! 도대체 왜 이래요?"

엄마는 멀건 눈을 부릅뜨기까지 하며 나를 쏘아보았다.

"야! 야! 누가 꽉 막힌 제 애비 딸 아니랄까 보… 아…. '딸꾹' 저 혼자 도덕군자인척… 하긴. '딸꾹' 어쩜 그 벽창호 같은 니 애비를 그렇게 닮았니…? '딸꾹'"

  엄마는, 혀가 꼬이고 딸꾹질까지 하느라 힘겹게 말을 하면서도 끝까지 할 말은 다 했다. 거기다 기억에도 없는 생부까지 들춰내 나와 생부를 동일시하며 또 비난했다. 안방에 있는 아저씨 들으란 듯이 소리를 질러댔다. 그런 엄마의 핏발 선 눈자위, 그리고 해롱거리는 모습이 더 이상 바라보고 있기도 싫었다.

  "그래 알았어요, 들어가요, 나 쉬고 싶어."

  엄마는 '딸꾹, 딸꾹.' 딸꾹거리며 그 아저씨가 있는 안방으로 들어갔다. 나는 그대로 자리에 누워 잠을 자려했지만, 말똥말똥 잠이 들지 않았다. '어쩌다 저렇게 다른 엄마와 생부는 서로 만나 결혼까지 하게 됐고 왜 나를 낳았을까?, 두 사람의 좁혀질 수 없는 간극 사이에서 태어난 나는, 어쩌면 태생적으로 갈등을 안고 태어난 존재일지도 몰랐다. 두 사람의 대척점으로 이루어진 갈등의 결정체라는 생각이 들자 나의 정체가 혼란스러워지기 시작했다. 내 안에 심연이 블랙홀이 되어 나를 빨아들이고 질풍노도 같은 광풍의 소용돌이 속으로 나는 떠밀려가고 있었다. 누워있는 방바닥이 요동을 쳤다. 어지러웠다. 조용히 눈을 감을 수밖에.

나는 오늘도 변함없이 정해진 궤도대로 일상이 시작 되고 있었다. 내게 달라진 것은 없었다. 현관 안에 있었던 그 운동화는 사라졌는지 아니면 신발장 안으로 들여놨는지 보이지 않았다. 엄마가 일어나기 전 집을 나섰다. 오늘은 다른 아르바이트 자리 면접이 약속되어있었다. 커피와 빵이 있는 제과점이라고 했다. 시급이 편의점보다 높았다. 저녁 늦게까지 일하면 여덟 시간은 할 수 있을 것 같았다.

나는 이럴 때 정말 어디론가 떠나고 싶었다. 목사님이 떠나실 때 기회가 되면 너를 미국으로 부르마. 했던 말이 떠올랐다. 지금도 목사님이 나를 잊지 않고 있을까,

그 후로 그 아저씨는 거의 매일 집에 와 있었다. 아침에 엄마랑 같이 정육점에 나갔다. 밤에는 또 같이 들어온 모양이었다.

엄마는 그나마 조금 안정이 되어갔다. 아저씨는 엄마보다 몇 살 아래였고. 아직 미혼, 말하자면 노총각이라고 했다. 그의 운동화가 그랬듯이 그는 매우 털털해 보였다. 그리고 부리부리하게 큰 눈에, 살집이 좋은 유도선수 같았는데, 엄마 말로는 고등학교 때 실제 유도선수였다고 했다.

우리는 한 지붕 두 가족처럼 내내 그렇게 지냈다. 내가 아침 일찍 그 아저씨와 엄마가 일어나기 전, 나가고 나면 엄마와 아저씨는 뒤에 나갔다가, 내가 들어오기 전 들어와 있고,

그러면 나 역시 늦게 들어와 내 방에서 숨을 죽이며 잠만 자고 나갔다. 얼굴을 마주하기란 어쩌다 한두 번 거실에서 마주칠 정도였고, 그마저도 서먹했다.

엄마는 가끔 낮에 나에게 전화를 했다. 커피숍에서 일할 때였다. 엄마가 있는 정육점 아저씨의 가게를 알려 주면서, 그리로 찾아오라고 했다. 학교 수업 마치고 알바 들어가기 전에 밥이라도 같이 먹자고 했다.

나는 '그 아저씨랑 같이?'냐고 물었다.

"왜? 그 아저씨 싫어? 해미야, 그러잖아도 나 알고 있었는데, 네가 마치 그 사람을 외계인 보듯 하는 걸 이미 알고 있었어. 저 아저씨 착해, 그리고 내가 좋아하는 사람에게 네가 그럴 수 있는 거야? 이 못된 계집애야! 네가 뭐가 그리 잘 났어?"

엄마는 벌써!, 그 아저씨는 그렇게 함께 살고 싶을 만큼 좋아하는 사람이 되어있었고, 나는 여전히 구박을 해대는 대상이었다. 그리고 나서도 성이 풀리지 않으면 '지 애비를 닮아서 꽉 막혔다느니, 고지식하다느니.' 해댔다.

엄마는 아빠에 대한 원망과 미움을 나에게 투영시키면서 갖은 트집을 다 늘어놓았다. 엄마의 행동을 무조건 이해만 하지 않는 나에게 불만을 쏟아 냈다. 나는 갈까, 말까 망설이다 엄마의 제의를 거절하지 못하고 그 아저씨와의 식사 자리에 갔었다.

 엄마는 나의 존재를 의식하지 않은 것 같았다. 그 정육점 아저씨만 의례적으로 고개를 들어 나를 바라보며 무슨 말을 걸려는 시늉을 몇 번 하다가 쑥스러운 듯 엄마 쪽으로 고개를 돌려 버렸다. 커다란 몸피에 어울리지 않게 순수해 보이는 면도 있었다. 나이가 엄마보다는 많이 적은 게 분명해 보였다. 두 사람은 무슨 말인지 귓속말로 시종일관 지껄여댔다. 엄마가 말을 더 많이 하면서 분위기를 압도했고 더 행복해하는 것 같았다. 난 왠지 모르게 이런 자리가 불안했다. 곧 여기 온 걸 후회하기 시작했다. 고개를 푹 숙이고 음식만 먹는 척하면서 밖으로 나갈 기회만 노리고 있었다. 참고 있으려니 속에서는 욕지기가 올라왔다 나는 알바 갈 시간이라고 둘러 대고 밖으로 나왔다.

 어둠이 나무들과 가로등 위에 무심히 내려앉고 있었다. 플라타너스 가로수를 훑고 지나가는 바람이 청량하고 시원했다. 내 머릿속의 복잡한 생각들도 바람에 실려 보낼 수 있다면 그러고 싶었다. 서둘러 편의점으로 가는 버스를 탔다. 서울의 밤 풍경이 차장 밖으로 스쳐 지나갔다.

 그 후 얼마 되지 않아 엄마는 임신을 했다. 그 정육점 아저씨, 아니 그 노총각의 아이를 엄마는 가졌다. 엄마의 입덧은 유난했다. 그럴수록 엄마는 무척이나 신경이 예민해지고 있었다. 그와는 다르게 아저씨는 매우 고무되어 있었고, 마흔이 넘어 자식을 가지게 된 게 신기하고 자랑스러운 모양이었다. 엄마에게 지극정성을 기울이는 것 같았다.

간혹 엄마는 내 눈치를 살폈다. 그리고 자신의 삶의 방식을 선뜻 이해해 주지 못하고, 흔쾌히 받아들이지 못하는 내가 못내 거슬리고 신경 쓰이는지, 나에 대한 엄마의 태도는 종잡을 수 없이 변덕스럽고 시시각각 달라졌다. 엄마가 선택한 삶이라면 엄마 자신만 행복해하고 살면 되지 나에게까지 그 생경스럽고 이물스러운 상황들을 이해받으려는 엄마를 수용할 수가 없었다.

나는 집을 나와야겠다고 마음먹었다. 난 정말이지 엄마처럼은 살고 싶지 않았다. 엄마 곁을 떠나고 싶었다. 그러는 게 엄마에게도, 나에게도 그 아저씨에게도 좋을 것 같았다. 내 친구의 원룸에서 더부살이를 하기 시작했다.

"얘, 네 원룸에 나랑 같이 있으면 안 돼, 네 방 좀 크잖아?"

그렇게 친구에게 사정 얘기를 했고 친구는 장기간은 안 되고, 자기는 지방에서 엄마가 자주 올라오시기 때문에, 잠깐 얼마간만 그렇게 해 주겠다고 승낙을 해서 들어가게 되었다. 친구는 지방에서 올라와 원룸에 있으면서 학교에 다니는 과 친구었다. 나는 열심히 돈을 벌어야 했고, 그 친구는 열심히 공부만하면 되었다. 밤늦게 들어온다는 공통점은 있었지만 나는 일터에서 들어왔고, 친구는 학교 도서관에서 들어왔다. 나에게서는 생활에 절인 냄새가 났고, 그 친구에게서는 공부 냄새가 났다. 책 냄새가 났다. 나도 흠씬 젖어보고 싶었던 그 책 냄새, 서로 지향하는 목표는, 인정받는 패션 디자이너가 되겠다는 목표는 같았지만, 친구에게는 통로가 열려있었고 나에게는 접근해 갈 수 있는 길이 없다는 게 달랐다.

어느 날 엄마는 볼록한 배를 움켜 안고 나를 찾아왔다. 내가 빵과 커피가 있는 제과점에서 일하고 있을 때였다. 창우와 같이 일 할 때였다. 내가 휴대폰도 받지 않고 연락이 없자 몹시 궁금했었는지 그렇게 불쑥 내 앞에 나타났다. 나는 당황스러웠고, 그리고 솔직히 창피했다. 엄마의 얼굴에서 느껴지는 연륜과 볼록한 배는 정말이지 매치가 되지 않았다. 부조화스러웠다. 그러면서도 엄마를 보자 왜? 인지 모르게 눈물이 핑 돌았다. 엄마에게서 연민과 갈등이 함께 느껴졌다. '엄마는 그래도 내가 걱정되고 보고 싶었을까? 이렇게 불쑥 찾아온 걸 보면…' 눈물을 보이지 않으려 연신 눈을 끔벅거렸다. 감정의 갈피를 잡을 수가 없었다. 혼란스러웠다.

"해미야, 어떻게 지내니? 그렇게 연락도 없이."

예상 밖으로 엄마의 목소리는 차분했다.

"엄마야말로 어떻게 지내? 가게는 안 나가? 그 아저씨는?"

그 무렵 나는 진정으로 엄마가 행복하기를 바라고 있었다. 그 아저씨와 함께, 오래도록….

"난 집에만 있어. 그리고 그 아저씨는 장사가 잘돼서 다른 종업원을 쓰고 있으니까, 내가 굳이 가게에 나갈 필요도 없고 그래."

"다행이네."

"그런데 해미야. 너 다시 집으로 들어오면 어떻겠니? 그리고 이제 아르바이트 같은 거 그만두고 학교만 다녀, 그냥 공부만 해, 응, 해미야. 그 정육점 사장님 있잖아, 돈 잘 벌어. 너 하나쯤 얼마든지 대학공부 시켜 줄 수 있대."

엄마는 뜻밖에 나에게 솔깃한 제안을 했다. 나를 거세게 흔드는 제안이었다. 그 순간 심연에서 갈등이 일었다. 그러나 곧 받아들여서는 안 되는 제안이라는 생각이 들었다.

"됐어, 엄마. 나 이대로가 좋아, 그냥 이대로 있게 내버려 둬! 좀."

단호하게 잘라 말했다. 다시 엄마의 삶 속으로 들어가고 싶지 않았다. 다시는 엄마와 엮이고 싶지도 않았다. 언제 또 사라져 버릴지 모르는 유리궁전 같은 엄마의 삶….

"계집애, 넌 어쩜 그렇게 매몰차니? 알바 같은 거 안 해도 되고 마음 편하게 공부만 하라는 대도, 싫어?"

　엄마는 내가 이해할 수 없는 '괴짜 같은 년!'이라는 듯이 한참을 쏘아보더니 '굴러 들어온 복도 걷어차는 년! 네 멋대로 살아!' 중얼거리며 일어섰다. 멋대로 사는 게 어떤 건지 나는 그 '네 멋대로 살아.'라는 말이 오래도록 귓전에서 맴돌았다.

　그날 이후 엄마는 전화도 하지 않았고 연락이 없었다. 그러던 어느 날 뜬금없이 '아들을 낳았다.'는 소식과 나이 먹어서 아들을 얻고 보니 세상을 다 얻은 것 같다는 소감을 적은 문자가 들어왔다. 문자에서는 깨알 같은 엄마의 행복이 묻어났다. 아기의 이름은 민호라고 했다. 나는 아무런 감정도 느껴지지 않았다. 물론 답장도 보내지 않았다. '축하해요, 엄마! 오래도록 아저씨와 행복하세요.'라고 썼다가 지우기를 서너 번 끝에, 결국 아무 말도 보내지 못했다.

　나도 엄마가 그립지 않은 건 아니었다. 늘 술에 취해 해롱거리는 모습, 눈물로 일그러진 얼굴과 함께 떠오른 엄마였지만, 그것마저도 그리움으로 다가올 때가 있었다. 어느 비 개인 날 오후 낡은 담장 너머에 태양을 잃어버리고 고개 숙인 해바라기의 젖은 모습을 바라볼 때, 아침에 눈을 뜨자 흰 눈이 펑펑 내려 온 세상을 하얗게 덮어버렸을 때, 그리고 길을 걷다 문득 크리스마스 캐럴이 은은하게 내 귓가에 스칠 때, 나도 사무치게 엄마가 그리웠다. 내게 엄마의 존재는 늘 그렇게 그리움으로 때론 이물스러움으로 분열된다. 정육점 아저씨와 그의 아들 민호는 엄마의 곁을 지키고 있을까? 연락이 끊어진 지가 오래다. 엄마가 그립다. 미움도 원망도 그 선명한 빛깔을 잃어가고 무채색의 그리움만이 세월의 더께만큼 쌓여간다.

간호사는 내 손바닥 위에 세 알의 알약을 놓아주면서 나와 눈을 맞추었다. 하얀 머그잔에 반쯤 담긴 물과 함께 삼키라고 했다. 나는 손바닥을 빤히 내려다보았다. 이 알약의 효과를 믿고, 기대하면서….

어머니를 만나 화해하고 싶다. 그리고 함께 살고 싶다. 아저씨와 내 동생 민호랑 그런 날이 오기를 바라며 한 알, 창우와의 짧은 결혼생활에서 내가 겪은 숨 막혔던 기억에서 서서히 조금씩이라도 벗어날 수 있으리라 기대하며 또 한 알, 절대자를 통해 구원받고 천국을 만날 수 있기를 기원하면서 마지막 한 알까지, 나의 염원이 담긴 손바닥의 알약을 입에 털어 넣고 물을 마셨다.

송경하 소설집

태양을 쏴라

초판발행일 2024년 11월 22일

지은이 : 송경하
발행인 : 김순진
편집장 : 전하라
디자인 : 김초롱
펴낸곳 : 도서출판 문학공원
등 록 : 2004년 3월 9일 제6-706호
주 소 : (우편번호 03382) 서울 은평구 통일로 633
　　　　녹번오피스텔 501호 스토리문학사
전 화 : 02-2234-1666
팩 스 : 02-2236-1666
홈페이지 : https://blog.naver.com/ksj5562
이메일 : 4615562@hanmail.net

※ 책값은 뒤표지에 있습니다.
※ 지자와의 협의에 의해, 인지는 생략합니다.